Yukio Mishima

Le marin
rejeté
par la mer

Traduit du japonais
par G. Renondeau

Gallimard

Titre original :

GOGO NO EIKO

Yukio Mishima (pseudonyme de Kimitake Hiraoka) était né en 1925 à Tokyo. Son œuvre littéraire est aussi diverse qu'abondante : essais, théâtre, romans, nouvelles, récits de voyage. Il a écrit aussi bien des romans populaires qui paraissaient dans la presse à grand tirage que des œuvres littéraires raffinées. Il a joué et mis en scène un film qui préfigure sa propre mort.

Il avait obtenu les trois grands prix littéraires du Japon. Il avait écrit son grand œuvre, une suite de quatre romans qui porte le titre général de *La Mer de la fertilité*. En novembre 1970, il s'est donné la mort d'une façon spectaculaire, au cours d'un *seppuku*, au terme d'une tentative politique désespérée qui a frappé l'imagination du monde entier.

PREMIÈRE PARTIE

L'été

CHAPITRE I

« Bonsoir, dors bien », dit la mère de Noboru en fermant à clef, du dehors, la porte de sa chambre. Que ferait-elle si un incendie éclatait ? Naturellement elle se promettait de rouvrir la porte avant tout. Mais si le bois de la porte se gondolait par la chaleur ou si la peinture bloquait le trou de la serrure, que ferait-elle ? Une fuite par la fenêtre ? Il y avait, en dessous, un chemin de gravier, et le premier étage de cette maison se trouvait bizarrement élevé, à une hauteur sans espoir.

Tout cela était bien sa faute à lui. Cela ne serait pas arrivé s'il ne s'était laissé persuader par le chef de s'esquiver de la maison cette nuit. On avait eu beau le presser de questions il n'avait pas révélé le nom du chef.

Ils habitaient une maison que le défunt père avait construite au sommet de la colline de Yado, dans le quartier de Yamate à Yokohama. Pendant l'occupation elle avait été réquisitionnée et rénovée. Des toilettes avaient été ajoutées à toutes les chambres du premier étage. Etre enfermé la nuit n'avait pas grand inconvénient mais, pour un garçon de treize ans, c'était humiliant.

Laissé seul un matin à la garde de la maison, et cherchant à tromper son ennui, Noboru se mit à fureter avec soin dans sa chambre.

Une grande commode avait été établie dans le mur qui le séparait de la chambre à coucher de sa mère. Il en enleva tous les tiroirs et, tout en éparpillant sur le sol le linge qu'ils contenaient, il remarqua un rayon de lumière filtrant dans l'un des compartiments de la commode privés de leurs tiroirs. Il avança la tête dans l'espace vide et découvrit d'où venait ce rayon. C'était la forte lumière d'un soleil matinal du début de l'été que renvoyait la mer dans la chambre à coucher de sa mère absente. En se pliant, il introduisit son corps dans la commode. Même un adulte en se couchant aurait pu y pénétrer aisément jusqu'au ventre. Jetant un œil dans la chambre de sa mère à travers le trou, Noboru eut la sensation de quelque chose de nouveau et de frais.

Le long du mur de gauche étaient placés, comme avant la mort du père, les deux lits jumeaux de cuivre étincelant qu'il s'était plu à faire venir de La Nouvelle-Orléans, en Amérique. L'un d'eux était recouvert avec soin d'un couvre-lit blanc sur lequel se détachait une large lettre K. (Kuroda était le nom de famille de Noboru.) Sur le lit était posé un chapeau de paille bleu pâle. Sur la table de chevet se trouvait un ventilateur électrique bleu. Sur le côté droit, au bord de la fenêtre, se trouvait une table à coiffer avec un miroir trois faces ovale. Le miroir était resté négligemment entrouvert. Les bords biseautés scintillaient à travers la fente comme des aiguilles de glace. Devant le miroir s'élevait une forêt de flacons : eau de Cologne, vaporisateurs de parfums, eau de lavande pour la toilette, un verre en cristal de Bohême dont les facettes étincelaient ; une paire de gants de dentelle brune froissés était abandonnée comme un paquet de feuilles mortes.

Près de la fenêtre étaient disposés un divan et deux chaises, un lampadaire, une table basse délicate. Un cadre à broderie, les fils piqués dans la soie, commencement d'un ouvrage, était appuyé sur le divan. De pareilles choses étaient passées de mode depuis longtemps mais sa mère aimait toutes sortes d'ouvrages de dames. D'où il était il ne pouvait voir clairement le dessin commencé, mais cela pouvait être les ailes éclatantes d'un oiseau comme un perroquet sur un fond gris perle. Une paire de bas avait été jetée à côté de la broderie. Le nylon transparent laissé en désordre sur le faux damas du divan donnait à toute la chambre une atmosphère d'agitation. Sûrement la mère, au moment de sortir, avait découvert qu'un bas avait filé ; elle en avait changé et était partie en hâte.

Par la fenêtre on n'apercevait qu'un ciel éblouissant, des fragments de nuages durs et brillants comme de l'émail que reflétait la mer.

Noboru ne pouvait pas croire que ce qu'il apercevait était la chambre de sa mère. Elle aurait pu être celle d'une étrangère. Mais il n'était pas douteux qu'une femme vivait là : une atmosphère féminine se révélait dans tous les coins ; un faible parfum flottait dans l'air.

Soudain, une pensée étrange lui vint à l'esprit. Ce trou par lequel il regardait était-il naturel ? Car... après la guerre, des familles de l'armée d'occupation avaient habité ensemble la maison pendant quelque temps, alors...

Il eut soudain l'idée qu'un autre corps que le sien, plus grand, un corps au poil blond, s'était introduit de force dans l'espace vide qui sentait la poussière, une odeur aigre insupportable. Se retirant de son mieux à reculons hors de la commode, il courut dans la chambre voisine. Noboru ne pourrait jamais oublier l'impression étrange qu'il éprouva quand il y pénétra en trombe. Il avait beau regarder, il ne retrouvait en rien la chambre qu'il avait aperçue quelques instants auparavant par le trou. C'était pourtant la chambre de sa mère, si familière. C'était ici que, le soir, sa mère, mettant de côté sa broderie, l'aidait à faire ses devoirs pendant qu'il maugréait et grommelait en étouffant des bâillements, ou qu'elle le grondait parce que sa cravate était toujours de travers, ou encore qu'elle lui disait : « Quand renonceras-tu à venir dans ma chambre sous prétexte de regarder les bateaux ? Tu n'es plus un enfant ! » Puis, le menton appuyé sur sa main, elle vérifiait les livres de comptabilité qu'elle avait rapportés du magasin.

Il chercha où était le trou. Ce n'était pas facile de le trouver. Habilement dissimulé dans les ornements sculptés de la boiserie en un endroit du bord supérieur où un enroulement de la sculpture le cachait, c'était un tout petit trou.

Noboru retourna précipitamment dans sa chambre, ramassa le linge épars, le fourra dans les tiroirs. Lorsque tout fut remis en place et la commode refermée il se jura de ne jamais faire quoi que ce fût qui pût attirer l'attention des grandes personnes sur la commode. Peu après avoir fait cette découverte, Noboru commença à épier sa mère la nuit, spécialement quand elle l'avait grondé. Dès qu'elle avait fermé sa porte il enlevait silencieusement les tiroirs de la commode et la guettait avec un émerveillement jamais satisfait se préparer à se mettre au lit. Les soirs où elle avait été gentille, il ne regardait jamais.

Il découvrit qu'elle avait l'habitude, bien que les

nuits ne fussent pas encore désagréablement chaudes, de s'asseoir complètement nue quelques instants avant de se mettre au lit. Il éprouvait une véritable angoisse lorsque ce corps nu disparaissait dans un coin de la pièce qui n'était pas visible pour lui.

Elle n'avait que trente-trois ans et son corps mince, maintenu en forme malgré la vie de luxe qu'elle menait, par sa fréquentation du Club de tennis, était splendide. Généralement elle se mettait tout de suite au lit après s'être frictionnée avec de l'eau de Cologne mais parfois elle s'asseyait de profil devant sa coiffeuse et regardait sa silhouette dans le miroir sans faire de mouvements, avec des yeux brillants comme s'ils étaient minés par la fièvre. Ses doigts étaient fortement imprégnés d'un parfum qui arrivait, sans qu'elle les agitât, aux narines de Noboru. Dans ces moments le rouge des ongles manucurés formait un faisceau qui faisait frissonner Noboru croyant que c'était du sang.

Il n'avait jamais observé d'aussi près un corps de femme. Les épaules de sa mère fuyaient doucement à droite et à gauche comme la ligne du rivage. Son cou et ses bras étaient légèrement bronzés mais à la poitrine commençait une zone d'une chair potelée blanche et chaude comme si elle avait été chauffée par un feu intérieur. Ses seins s'élevaient fièrement de la poitrine immaculée et, quand elle les pressait avec ses mains, leurs bouts rosés se dressaient. Noboru vit le ventre qui se soulevait discrètement avec la respiration ainsi que des vergetures. Il était instruit sur ce sujet par un livre rouge poussiéreux découvert sur la planche supérieure de la bibliothèque de son père, tourné la tête en bas entre un livre d'horticulture et un manuel d'affaires.

Ce que Noboru apercevait ensuite était une zone

noire. Il avait beau regarder, il ne la voyait pas bien, même en faisant de tels efforts que le coin de l'œil lui faisait mal. Il rappela à sa mémoire tous les mots indécents qu'il connaissait, mais les mots ne pouvaient pénétrer dans ce fourré. Ainsi que le disaient ses amis, ce devait être une pitoyable petite maison inoccupée. Il se demanda si le vide de cette maison n'avait aucun rapport avec le vide du monde.

A treize ans, Noboru se figurait avoir du génie (tous les membres de sa bande pensaient de même), il croyait que la vie se résumait à des symboles et des décisions simples, que la mort prenait racine au moment de la naissance, que l'homme n'avait d'autre rôle que de cultiver et d'arroser cette plante. Que la reproduction était une construction artificielle de l'esprit, comme, par voie de conséquence, l'était la société, que les pères et les maîtres, du fait de leur nature, étaient coupables de grands péchés. Il s'ensuivait que la mort de son père alors qu'il avait huit ans avait été un incident heureux dont il pouvait se réjouir.

Les nuits de clair de lune, sa mère éteignait la lumière et se tenait nue devant son miroir. Cette impression de vide privait Noboru de sommeil ces soirs-là. La vulgarité du monde apparaissait dans les endroits éclairés et dans ceux où régnait une ombre douce.

Si j'étais une amibe, pensait-il, avec un corps infinitésimal, je pourrais vaincre cette vulgarité. Parmi les humains, il n'était personne de taille à vaincre quoi que ce soit.

Lorsqu'il était au lit les hurlements des sirènes des bateaux entraient souvent comme des cauchemars par la fenêtre grande ouverte. Si sa mère avait été gentille il pouvait s'endormir sans regarder. Ces nuits-là c'était la vision de sa mère qui peuplait ses rêves.

Il ne pleurait jamais, même en rêve, car la dureté du cœur était chez lui un point d'orgueil. Il se plaisait à s'imaginer un cœur dur comme une grande ancre de fer résistant à la corrosion de la mer, ne se souciant pas des huîtres et des coquillages qui assaillent les coques des navires, indifférente à la vase du port encombrée de débris de verre, de peignes édentés, de capsules de bouteilles, d'articles de prophylaxie, de vieux souliers... Il désirait se faire tatouer un jour une ancre sur la poitrine.

La nuit la plus désagréable de toutes celles que lui causa sa mère se situa vers la fin des vacances d'été. Sans qu'on ait pu la prévoir, elle arriva soudain.

Sa mère partit de bonne heure dans la soirée, expliquant qu'elle avait invité l'officier en second de la marine marchande Tsukazaki à dîner pour le remercier d'avoir aimablement fait visiter son bateau à Noboru la veille. Elle portait un kimono de dentelle noire sur un dessous cramoisi ; sa ceinture était de brocart blanc. Noboru la jugea magnifique lorsqu'elle quitta la maison.

A dix heures elle rentra avec Tsukazaki. Noboru les accueillit et, s'asseyant dans le salon avec le marin légèrement ivre, il écouta des histoires de la mer. A dix heures et demie elle interrompit l'entretien, disant à Noboru qu'il était temps pour lui d'aller se coucher. Elle l'expédia au premier étage et ferma à clef la porte de sa chambre.

Cela se passait par une nuit extrêmement humide.

L'air à l'intérieur de la commode était si étouffant qu'il
ne pouvait respirer; il se pelotonna juste à l'entrée
attendant anxieusement le moment de prendre sa
position. Il était presque minuit quand il entendit des
pas montant furtivement l'escalier. Levant les yeux il
vit le bouton de sa porte tourner comme par magie
dans l'obscurité, comme si quelqu'un essayait d'entrer,
ce qui n'était jamais arrivé. Lorsqu'il entendit la porte
de sa mère s'ouvrir, une minute plus tard, il se glissa
tout en sueur à l'intérieur de la commode.

Dans sa chemise à manches courtes ornées des
épaulettes d'or, Tsukazaki était adossé au bord de la
fenêtre grande ouverte, dont une vitre reflétait la lune
qui brillait au sud. Sa mère, vue de dos, s'approcha de
lui et tous deux s'enlacèrent dans un long baiser.
Finalement, touchant les boutons de sa chemise, elle
dit quelque chose à voix basse, alluma la faible lumière
du lampadaire et fut bientôt hors de vue car elle se
trouvait devant le placard aux vêtements, un coin de la
chambre qu'il ne pouvait voir et où elle commença à se
déshabiller. On entendit le crissement de la ceinture et
le bruit lourd du kimono qui tombait. Soudain l'air
autour du trou d'observation de Noboru fut alourdi
par l'odeur du parfum Arpège. Elle avait transpiré en
marchant, un peu bu à cause de la chaleur humide de la
nuit, et tandis qu'elle se déshabillait son corps exhalait
une odeur musquée que Noboru ne connaissait pas.

Le marin, toujours à la fenêtre, regardait droit vers
Noboru. Son visage bronzé ne montrait aucun trait
distinct, excepté les yeux qui brillaient à la lumière de
la lampe. Le comparant au lampadaire dont il se servait
souvent pour prendre une mesure, Noboru pouvait
estimer sa hauteur. Il n'avait probablement qu'un

mètre soixante-dix. Probablement un peu moins, un homme pas tellement grand.

Tsukazaki déboutonna lentement sa chemise puis se débarrassa aisément de ses vêtements. Bien qu'il dût être à peu près du même âge que la mère de Noboru, son corps était plus râblé que n'importe quel terrien. Il devait avoir été coulé dans le moule des marins. Ses larges épaules se détachaient carrément comme le toit d'un temple ; sa poitrine éclatait sous un épais matelas de poils ; ses muscles, bombés comme des nœuds de cordages, saillaient sur tout son corps ; sa chair semblait comme une armure dont il aurait pu se débarrasser au besoin. Alors Noboru regarda avec surprise, émergeant de l'épaisse forêt du bas-ventre, la tour du temple triomphalement érigée.

Une lumière oblique tombait sur sa large poitrine dont les poils jetaient à chaque respiration de légères ombres. Ses yeux, qui luisaient dangereusement, ne quittaient pas un instant la femme qui se déshabillait. La lune qui éclairait l'arrière-plan marquait d'une ligne dorée ses épaules carrées et faisait une autre ligne d'or de l'artère de son cou qui saillait. Il y avait un or authentique dans sa chair, dans ce clair de lune, dans la sueur qui brillait. Sa mère mettait un temps très long pour se déshabiller. Elle le faisait peut-être exprès.

Soudain, le hurlement prolongé d'une sirène entra par la fenêtre ouverte et remplit la pièce à demi obscure. C'était un cri de mélancolie sans bornes, sombre, exigeante, désespérée, toute noire et luisante comme un dos de baleine chargée de toutes les passions des flots, du souvenir de voyages sans nombre, de joies, d'humiliations ; c'était le cri de la mer qui retentissait. Plein du scintillement de la folie de la nuit, la sirène apportait du large, du centre des océans, de la nostalgie au sombre miel de la petite chambre. D'un brusque mouvement des épaules, Tsukazaki se tourna pour regarder la mer.

A ce moment tout ce que le cœur de Noboru avait emmagasiné depuis sa naissance se dévoila et s'épanouit par miracle. Jusqu'au moment où retentit la sirène, cela était resté à l'état d'ébauche, mais tout était prêt, rien ne manquait ; seulement, à tous ces éléments de réalités emmagasinés il manquait encore la force capable de les rassembler pour bâtir subitement un palais splendide. C'est alors que le signal de la sirène cimenta ces matériaux pour en former un tout parfait. On y trouvait rassemblés la lune et un vent fiévreux de la mer, la chair nue excitée d'un homme et d'une femme, de la sueur, du parfum, des cicatrices de la vie en mer, le souvenir confus de ports autour du monde, un petit judas où l'on ne pouvait respirer, le cœur de fer d'un jeune garçon, mais ces cartons éparpillés d'un jeu de cartes ne prophétisaient rien. L'ordre universel, enfin établi grâce au hurlement soudain de la sirène, avait révélé un cercle de vie inéluctable ; ces cartes s'étaient appariées : Noboru et sa mère, sa mère et l'homme, l'homme et la mer, la mer et Noboru...

Noboru en extase, suant, avait perdu le souffle. Il était sûr que ce qu'il avait devant les yeux était le démêlage d'un écheveau de fils qui dessinait une figure sacrée. Et cela ne devait pas être détruit car il était probable qu'il était son créateur de treize ans.

« Si cela est jamais détruit, ce sera la fin du monde ! murmurait-il, à moitié rêvant. Je crois que je devrais tout faire pour empêcher cela, quelque terrible que ce soit ! »

CHAPITRE II

Surpris, Tsukazaki Ryûji s'éveilla dans un lit qui ne lui était pas familier. Le lit voisin était vide. Peu à peu il se rappela ce qu'elle lui avait dit avant qu'il ne s'endormît : Noboru allait se baigner avec des amis à Kamakura dans la matinée ; elle se lèverait de bonne heure et le réveillerait : elle reviendrait dans la chambre dès qu'il serait parti... Voudrait-il l'attendre tranquillement ? Il tâtonna sur la table de chevet pour chercher sa montre et l'éleva dans la lumière qui filtrait à travers les rideaux. Huit heures moins dix : le garçon était probablement encore à la maison...

Il avait eu environ quatre heures de sommeil, s'endormant au moment où, d'ordinaire, il se mettait au lit après son quart de nuit. Ce n'avait été guère plus qu'un petit somme, cependant il avait la tête claire ; le long plaisir de la nuit restait en lui bandé comme un ressort. Il étendit les bras et les croisa devant lui. Sous la lumière qui filtrait à travers les rideaux, les poils de ses bras musclés semblaient former des tourbillons dorés ; il était content.

Quoiqu'il fût encore tôt, il faisait très chaud. Les rideaux pendaient immobiles devant la fenêtre ouverte. Etendant le bras il poussa le bouton du ventilateur.

« Quinze minutes pour le quart de l'officier en second. Attention ! » Il avait entendu en rêve l'avertissement du timonier. Chaque jour, Ryûji prenait le quart de douze heures à seize heures et de nouveau de minuit à quatre heures du matin. Les étoiles et la mer étaient ses seules compagnes. A bord du cargo *Rakuyo*, Ryûji passait pour peu sociable et original. Il n'avait jamais été bavard et il était un médiocre partenaire aux réunions où les marins se racontaient des histoires et qui sont supposées être leur seule distraction. Les histoires de femmes, les anecdotes des escales, l'éternelle vantardise... Il détestait les bavardages vulgaires destinés à tromper la solitude, un rituel pour s'affirmer réciproquement les liens avec le reste des hommes. Tandis que la plupart des hommes choisissent le métier de marin par amour de la mer, Ryûji s'était fait marin parce qu'il détestait la terre. L'interdiction faite par les forces d'occupation aux bateaux japonais de prendre la pleine mer avait été levée juste au moment où il sortait d'une école de marine marchande, et il s'était embarqué sur le premier cargo reprenant après la guerre le service avec Formose et Hong-kong. Plus tard il était allé aux Indes et au Pakistan.

Les tropiques remplissaient de joie le cœur de Ryûji. Quand on abordait quelque part, des enfants indigènes cherchaient à troquer pour des chaussettes en nylon, des montres, ce qu'ils apportaient : bananes, papayes, oiseaux aux couleurs éclatantes, petits singes. Ryûji aimait les bouquets de palmiers qui se reflétaient dans une rivière lente et bourbeuse. Les palmiers devaient avoir été communs dans son pays au cours d'une vie antérieure, autrement ils ne l'auraient jamais fasciné ainsi, pensait-il.

Cependant, les années passant, il devint indifférent à

l'attrait des pays exotiques. Il partagea cette caractéristique surprenante avec beaucoup de marins : il n'appartenait plus essentiellement ni à la terre ni à la mer. Un homme qui déteste la terre devrait peut-être y rester toujours. En effet, l'éloignement de la terre et les longs voyages en mer le forcent à rêver une fois de plus à la terre, le torturent par l'absurdité de soupirer après ce qu'il déteste. Ryûji détestait l'immobilité de la terre, ses aspects éternellement les mêmes. Mais un navire était un autre genre de prison.

Quand il eut vingt ans, il eut brusquement une idée : « De la gloire ! De la gloire ! De la gloire ! » Il n'avait aucune idée de la sorte de gloire qu'il voulait, ni de la sorte de gloire pour laquelle il était fait. Il savait seulement que dans les profondeurs obscures du monde il y avait un point lumineux qui était préparé pour lui seul et qui s'approcherait de lui un jour pour l'illuminer, lui et nul autre.

Toutefois, plus il réfléchissait plus il lui semblait évident que pour qu'il parvînt à la gloire le monde devrait s'écrouler. Le renversement du monde et la gloire, ces deux choses ne faisaient qu'un. Il soupirait après un orage mais la vie à bord ne lui apprenait que la régularité des lois naturelles et la stabilité d'un monde mouvant. Il se mit à examiner ses espoirs et ses rêves les uns après les autres, et à les effacer un à un comme un marin raye les jours sur le calendrier de sa cabine.

Parfois, au cours de son quart de nuit, il sentait sa gloire surgir des ténèbres profondes et sa silhouette héroïque projetée par la lueur des myriades de noctiluques sur la falaise du monde des hommes.

Ces nuits-là, sur la blanche passerelle encombrée par la barre, les tubes acoustiques, le compas, les radars, les cloches de bronze qui pendaient du plafond, la conviction de Ryûji était plus forte que jamais.

« Je dois avoir une destinée spéciale, étincelante, qui ne serait promise à nul autre homme. »

En même temps il aimait la musique en vogue. Il achetait tous les nouveaux disques et les apprenait par cœur quand il était en mer ; il en fredonnait les airs quand il avait une minute, s'arrêtant quand quelqu'un s'approchait. Il aimait les chansons de marins (ses camarades les méprisaient) et son air favori était : *Je ne peux abandonner la vie de marin.*

> *Le navire a sifflé. Le ruban est coupé.*
> *Le bateau glisse hors du quai.*
> *Un homme de la mer je serai.*
> *Au port qui s'éloigne*
> *Gentiment j'agite la main en adieu*[1].

Aussitôt que son quart de jour était fini, il s'enfermait dans sa cabine qui s'obscurcissait et jouait le même disque encore et encore jusqu'à l'heure du dîner. Il réduisait toujours la sonorité parce qu'il ne voulait pas faire entendre son disque, qu'il voulait empêcher un camarade qui aurait entendu par hasard cette musique de venir lui raconter des histoires. Le reste de l'équipage connaissait sa manie et personne ne le dérangeait.

Parfois en écoutant une chanson ou en la fredonnant, des larmes lui venaient aux yeux comme dans la chanson. Il était étrange qu'un homme qui n'avait aucun lien avec quiconque devînt sentimental en

---

1. Les paroles de cette chanson sont tirées d'un poème de Ryo Yano. (*N.d.T.*)

pensant au « port qui s'éloigne », mais ces larmes s'échappaient d'une partie de lui-même qui était sombre, distante, qu'il avait négligée jusqu'à cette année et qu'il ne pouvait commander.

Il ne versait jamais de larmes en voyant la terre disparaître. Il jetait un œil dédaigneux sur les appontements, les docks, les grues sans nombre, les toits des entrepôts qui s'éloignaient doucement hors de vue. Dix ans de navigation lui avaient fait abandonner cette impression de déchirement lors d'un départ... Ce qu'il avait gagné, c'était le bronzage par le soleil et l'acuité du regard.

Ryûji prenait le quart et dormait, s'éveillait, reprenait le quart et dormait de nouveau. Il était plein de sentiments inexprimés ; ses économies grossissaient sans cesse car il essayait de rester seul autant que possible. Il devint expert à pointer le bord du soleil, se familiarisa avec les étoiles, se rendit maître dans l'art d'entreposer les cordages, de s'acquitter des diverses fonctions dans la cale, de distinguer par l'oreille dans le puissant chant des flots, la nuit, les battements rythmés et les lents bercements de la mer. Tandis qu'il se familiarisait avec les splendides nuages des tropiques et les mers de corail aux coloris variés, le solde de son compte en banque se montait maintenant à près de deux millions de yens, somme considérable pour un officier en second.

Jadis, Ryûji avait connu les plaisirs de la dissipation. Il avait perdu sa virginité au cours de son premier voyage. A Hong-kong un camarade plus ancien l'avait emmené chez une prostituée.

Ryûji, couché sur le lit de cuivre, laissait le ventilateur disperser les cendres de sa cigarette et fermait à demi les yeux comme pour mesurer sur une balance la différence en qualité et en quantité entre les plaisirs de la nuit passée et la sensation pitoyable de sa première expérience. Les yeux perdus dans l'espace il voyait au fond de son souvenir les quais sombres de Hong-kong le soir, la lourdeur de l'eau boueuse qui léchait ses quais, les faibles lanternes des nombreux sampans qui flottaient devant lui. Au loin, au-delà de la forêt des mâts de la flotte à l'ancre et des voiles de paille tressée qui étaient abaissées, les fenêtres éblouissantes et les enseignes au néon de Hong-kong éclipsaient les faibles lanternes du premier plan et teintaient l'eau noire de leurs couleurs.

Ryûji et le camarade plus ancien qui le guidait étaient dans un sampan piloté par une femme entre deux âges. La rame, à la poupe, fripait l'eau pendant qu'ils se glissaient dans le port étroit. Lorsqu'ils arrivèrent au lieu où les lumières vacillantes étaient ramassées, ils virent un grand nombre de chambres de filles qui s'alignaient dans la lumière, pressées les unes contre les autres. La flotte s'était ancrée sur trois lignes d'un plan d'eau inférieur. Toutes les poupes étaient tournées vers l'intérieur et décorées avec des bâtons d'encens qui brûlaient et des drapeaux de papier blanc et vert célébrant les divinités locales. Une étoffe de soie ornée de fleurs entourait les bâches sur les ponts plats formant des alcôves semi-circulaires. A l'arrière de chaque alcôve un autel drapé de la même étoffe supportait un petit miroir ; l'image du sampan de Ryûji se balançait de chambre en chambre pendant qu'il glissait devant les bateaux.

Les filles avaient l'air de ne pas faire attention à eux. Certaines étaient emmaillotées dans des couvertures piquées, ne présentant au froid que leurs nuques d'enfants, poudrées de blanc. D'autres, les cuisses

26

enveloppées dans des couvertures, jouaient aux cartes pour prédire leur avenir. Les fades couleurs rouge et or des cartes luisaient entre les doigts minces et jaunâtres.

« Laquelle prenez-vous ? demanda mon compagnon. Toutes sont jeunes. » Ryûji ne répondit pas. Il allait choisir une femme pour la première fois de sa vie et, ayant navigué seize cents milles pour aboutir à ces algues d'un rouge sale flottant dans les eaux boueuses de Hong-kong, il se sentit fatigué, perplexe. Pourtant les filles étaient certainement jeunes et attrayantes. Il choisit avant que son ancien ne lui donnât un conseil.

La prostituée était assise, silencieuse, les joues engoncées dans les couvertures à cause du froid, mais lorsque Ryûji passa à son bord elle sourit avec un air heureux. Et il crut à moitié au bonheur qu'il lui apportait. Elle tira le rideau fleuri de l'entrée.

Tout se passa en silence. Il trembla un peu, par vanité, comme lorsqu'il avait grimpé au mât pour la première fois. La moitié inférieure du corps de la femme, semblable à un petit animal hibernant encore engourdi, s'agitait sous les couvertures ouatées comme si elle avait été en léthargie ; il avait la sensation que les étoiles bougeaient dangereusement à la pointe du mât. Elles s'inclinaient au sud du mât, passaient au nord, tournaient à l'est, et finalement paraissaient s'enfiler sur le mât. Quand il eut compris qu'il avait une femme devant lui tout fut fini.

On frappa à la porte et Kurodo Fusako entra avec un grand plateau pour le petit déjeuner. « Pardon de vous faire attendre si longtemps. Norobu vient seulement de partir. » Posant le plateau sur la table à thé elle ouvrit les rideaux et la fenêtre. « Il n'y a pas un souffle ! Il va encore faire chaud. »

Même l'ombre près de la fenêtre était aussi brûlante que de l'asphalte en fusion. Ryûji se dressa dans le lit et entoura ses reins avec le drap fripé. Fusako était habillée, prête à sortir. Elle étendit ses bras nus non pour embrasser familièrement Ryûji, mais pour verser sans hésitation le café du matin dans les tasses. Ce n'étaient déjà plus les bras de la nuit passée.

Ryûji lui fit signe de s'approcher du lit et lui donna un baiser. La peau fine et sensible des paupières de Fusako trahissait l'agitation de ses prunelles. Ce matin, il comprit qu'elle n'était pas calme même quand elle fermait les yeux.

« A quel moment irez-vous au magasin ?

— Il me faudrait y être pour onze heures. Et vous ? Qu'allez-vous faire ?

— Je pourrais descendre un moment jusqu'aux docks, juste pour voir ce qui s'y passe. »

En une seule nuit ils avaient créé une situation nouvelle mais qui paraissait maintenant les laisser déconcertés. Pour le moment, leur ahurissement seul leur servait d'étiquette.

Avec ce qu'il avait l'habitude d'appeler « l'insondable cynisme des personnes stupides », Ryûji pensait à la manière dont il pourrait partir. Le visage radieux de Fusako suggérait à Ryûji nombre de solutions. Une résurrection, ou un total effacement dans la mémoire, ou même la résolution de prouver, à elle et au monde, que ce n'avait pas été une erreur, en aucun sens du mot.

« Nous déjeunerons ici ? » dit Fusako en se dirigeant vers le sofa.

Ryûji sauta hors du lit et s'habilla en hâte. Fusako était debout près de la fenêtre.

« Je souhaiterais qu'on puisse voir votre bateau d'ici.

— Si la jetée n'était pas si loin de la ville... »

S'avançant derrière elle, il la prit par la taille. Tous deux regardèrent vers le port.

La fenêtre dominait les toits rouges des vieux entrepôts. Un bloc de nouveaux entrepôts semblables à des immeubles d'habitation en béton se dressait à partir de la jetée dans la direction du nord. Le canal disparaissait sous les sampans et les péniches. Au-delà de la zone des entrepôts des piles de bois qui séchait faisaient une mosaïque compliquée. Un long brise-lames était tendu comme un doigt de béton sur la mer. Le soleil matinal d'été paraissait comme une feuille éblouissante de métal qui aurait été battue sur la colossale enclume de la scène du port.

Les doigts de Ryûji touchèrent les bouts de ses seins sur la robe de coton bleu. Elle tourna légèrement la tête, ses cheveux lui chatouillèrent le nez. Comme toujours il eut la sensation d'être venu de très loin, de l'autre bout de la terre pour arriver à un point délicatement sensible, un frisson au bout de ses doigts près d'une fenêtre un matin d'été.

L'odeur du café et de la confiture emplissait la chambre.

« Noboru m'a eu l'air d'être au courant jusqu'à un certain point. Naturellement il semble vous aimer beaucoup, cela n'a donc pas grand inconvénient. Je ne comprends cependant pas comment cela a pu se produire. Je veux dire... (sa voix se faussa légèrement...) c'est incroyable. »

CHAPITRE III

Rex était l'un des magasins d'articles importés les plus anciens et les plus réputés de la Motomachi à Yokohama.

Depuis la mort de son mari, Fusako l'avait dirigé elle-même. Le petit hôtel à un étage, de style espagnol, attirait les yeux. La vitrine ouverte dans un épais mur blanc contenait toujours un étalage choisi. A l'entresol se trouvait un petit patio garni de carreaux vernissés espagnols importés. Au centre du patio une petite fontaine murmurait. Un Bacchus de bronze, l'un des nombreux objets d'art étranger achetés par le mari avant sa mort, portait négligemment sur le bras quelques cravates Vivex, vendues à des prix propres à décourager les acheteurs non sérieux.

Fusako était secondée par un vieux directeur et quatre vendeuses. La clientèle se composait de riches étrangers vivant à Yokohama, de nombreux élégants et gens de cinéma de Tokyo, et même de quelques petits revendeurs de Ginza qui venaient à la recherche de trouvailles.

Rex était depuis longtemps une maison de confiance en raison du raffinement et du choix de ses marchandises, principalement pour les tissus et articles d'importation pour hommes. Fusako et le directeur, Shibuya, qui avait les goûts de son mari, n'achetaient qu'à bon escient.

Chaque fois qu'un bateau entrait au port de Yokohama, un représentant en importations, qui était un vieil ami de la famille, usait de ses relations pour les amener à l'entrepôt dès que le cargo était déchargé : souvent Fusako pouvait faire une offre avant que les autres acheteurs n'aient vu le chargement. Le principe directeur de cette femme était de mettre au premier plan la qualité tout en échelonnant largement les prix de vente. Par exemple, pour les sweaters Jaeger, elle commandait moitié en qualité supérieure et moitié en qualité plus modeste. Il en était de même pour les cuirs italiens : Rex se procurait des cuirs à l'école de tannerie attachée au couvent Santa Croce de Florence aussi bien que les gants et les sacs les plus coûteux de la via Condotti.

Quoique Fusako ne pût voyager à l'étranger à cause de Noboru, elle avait envoyé l'année précédente M. Shibuya en Europe pour faire des achats, et il avait établi de nouvelles relations sur tout le Continent. M. Shibuya avait consacré sa vie à l'élégance vestimentaire ; Rex stockait même des guêtres anglaises que l'on n'aurait pas pu trouver dans les magasins Ginza.

Fusako arriva au magasin à la même heure que d'habitude et fut saluée avec la cordialité d'usage. Elle posa quelques questions relatives aux affaires, monta dans son bureau et ouvrit son courrier. L'appareil à air conditionné de la fenêtre ronronnait de façon solennelle.

Ce fut pour Fusako un grand soulagement de pouvoir s'asseoir à son bureau à l'heure habituelle. Il fallait qu'il en soit ainsi. Pas plus aujourd'hui que les autres jours elle ne pouvait s'imaginer ce qui se serait passé si elle était restée à la maison au lieu de venir au travail.

Elle prit une cigarette de dames de son étui et, en l'allumant, jeta un coup d'œil à son agenda sur son bureau. Kasuga Yoriko, l'actrice de cinéma qui vivait à Yokohama, devait arriver à midi pour faire de gros achats : de retour d'un festival en Europe où elle avait dépensé tout son budget cadeaux, elle espérait se tirer d'affaire avec des présents de Rex. « Des accessoires français chic, avait-elle téléphoné, pour environ vingt messieurs. Vous faites pour le mieux. » Un peu plus tard dans l'après-midi, une secrétaire des Importateurs de Yokohama devait venir prendre livraison de polos italiens que son patron, le directeur de la société, avait l'habitude de porter sur les terrains de golf. Clientes fidèles, ces deux femmes étaient vraiment faciles à satisfaire.

On pouvait voir une partie du patio sous les portes à persiennes. Tout était calme. Le bout des feuilles de l'arbre à gomme, dans un coin, avait un éclat terne. Apparemment, personne n'était arrivé.

Fusako craignait que M. Shibuya eût remarqué ce qui lui semblait être une rougeur autour des yeux. Le vieil homme regardait une femme comme il l'aurait fait d'une pièce de tissu. Même si c'était son employeur.

Elle n'avait jamais vraiment compté jusqu'à ce matin : cinq ans depuis la mort de son mari ! Cela ne lui avait pas paru si long mais, tout d'un coup, ces cinq années étaient d'une longueur étourdissante, comme une ceinture trop longue que l'on n'arrive pas à nouer.

Fusako s'amusait avec le cendrier en le poussant avec sa cigarette qu'elle éteignit. L'homme dévorait tous les coins de son corps. Sous l'étoffe du kimono elle avait l'impression d'avoir sous les seins comme aux cuisses une chair continue dont toutes les parties se trouvaient dans un chaud accord. C'était une sensation nouvelle. Même maintenant l'odeur de la sueur de l'homme était présente à ses narines. Comme elle y pensait, elle crispa ses doigts de pied à l'intérieur de ses bas.

La première rencontre de Fusako avec Ryûji datait de l'avant-veille... Noboru, qui était fou de bateaux, l'avait enjôlée pour qu'elle obtienne d'un client qui avait une situation élevée dans une compagnie de navigation une lettre d'introduction pour visiter le *Rakuyo,* un cargo de dix mille tonnes ancré à la jetée Takashima.

La mère et le fils s'arrêtèrent un instant au bout de la jetée pour regarder le bateau crème et vert qui brillait plus loin. Fusako avait une ombrelle au long manche en peau de serpent.

« Tu vois ces bateaux au large ? demanda Noboru d'un air entendu. Ils attendent tous une place libre pour venir s'amarrer au quai.

— Voilà pourquoi nous avons l'ennui d'attendre les déchargements », repartit Fusako en soupirant.

Elle avait chaud, rien qu'à regarder le bateau. Le ciel pommelé de nuages était divisé par un croisement inextricable d'aussières. La proue se dressait incroyablement haut vers le ciel comme un menton fin et altier. Au grand mât flottait le pavillon vert de la compagnie. L'ancre pendait à l'écubier comme un gros crabe de métal noir.

« Je suis bien content ! s'écria Noboru en toute innocence. Nous allons voir le bateau dans tous les coins.

— Ne t'attends pas à trop de choses ! Je ne sais pas encore si cette lettre suffira. »

Y repensant plus tard, Fusako comprit qu'elle avait senti que son cœur s'était mis à danser au moment même où elle avait levé les yeux vers le *Rakuyo*.

« C'est extraordinaire… me voilà excitée autant que Noboru. »

Cette impression s'empara d'elle alors qu'elle était complètement indolente, le seul geste de lever la tête donnant chaud et paraissant fatigant. Tout cela subitement et sans raison.

« Il y a un pont lavable à grande eau ! C'est un beau bateau ! »

Incapable de retenir les connaissances dont on lui farcissait la tête, Noboru donnait tous détails à sa mère qui y trouvait peu d'intérêt ; quand ils s'en approchèrent, le *Rakuyo* leur parut s'enfler comme une grande composition musicale. Devançant sa mère, Noboru s'élança sur la passerelle brillante comme de l'argent. Mais Fusako avait à chercher dans le couloir précédant le quartier des officiers, tenant désespérément en main la lettre pour le capitaine. Là où l'on déchargeait, les ponts étaient pleins d'agitation et de bruit, mais le couloir étouffant était désagréablement silencieux.

C'est alors qu'une porte de cabine marquée « Officier en second » s'ouvrit et que Tsukazaki parut, en chemise blanche à manches courtes et la casquette sur la tête.

« Pourriez-vous me dire où je pourrais trouver le capitaine ?

— Il est absent. Que désirez-vous ? »

Fusako lui montra la lettre d'introduction. Les yeux brillants, Noboru levait la tête vers Tsukazaki.

« J'ai compris. Visite d'études ! Je remplacerai le capitaine pour vous faire visiter le bateau. »

Ses manières étaient brusques, il ne la regardait jamais en face en lui parlant.

Telle fut leur première rencontre. Fusako se souviendra toujours de ses yeux à ce moment. De ses yeux profondément enfoncés dans un visage hâlé, renfrogné, mélancolique. Il la regardait fixement comme si elle avait été un point à l'horizon, la première apparition d'un bateau. Du moins c'est l'impression qu'elle éprouva. Pour des yeux qui n'avaient qu'à regarder un objet rapproché il n'était pas naturel de les rendre si pénétrants, de concentrer son regard d'une manière si aiguë, comme si une vaste étendue de mer les avait séparés. Elle se demanda si tous les yeux qui scrutaient sans cesse l'horizon étaient semblables à ceux-là. Des yeux qui découvraient un navire à un point imprévu scrutaient ses inquiétudes et ses joies, sa prudence et ses espoirs... Le bateau examiné ne pouvait guère pardonner l'affront à cause de l'immensité de l'eau qui les séparait. Un regard dévastateur. Les yeux du marin la faisaient frissonner.

Tsukazaki les emmena d'abord sur la passerelle. L'échelle de fer qui montait au maître pont était barrée obliquement par les raies que faisaient le soleil d'après-midi. Montrant les cargos mouillés au large, Noboru répéta son observation d'homme compétent :

« Dites, je devine que tous ces bateaux attendent une place libre ?

— C'est exact, mon garçon. Il y en a qui attendent quatre ou cinq jours.

— Est-ce qu'on vous avertit par radio lorsqu'une place est libre ?

— C'est encore exact. On reçoit un câble de la

compagnie. Il y a une commission qui, chaque jour, fixe les priorités d'accès aux jetées. »

La chemise blanche de Tsukazaki était maculée par places de taches de sueur, révélant la chair de son dos puissant. Fusako était déconcertée. Elle était reconnaissante à l'homme qui prenait Noboru au sérieux mais il la mettait mal à l'aise quand, se tournant vers elle, il lui posait directement ses questions.

« Le garçon sait de quoi il parle. Veut-il être marin ? » demanda-t-il en la regardant de nouveau en face.

Il était difficile à Fusako de dire si cet homme simple et en même temps indifférent avait ou non l'orgueil de sa profession. Lorsque, après avoir ouvert son ombrelle, elle regarda attentivement son visage, elle essaya d'éclaircir la question ; elle pensa avoir découvert quelque chose d'inattendu dans l'ombre de ses épais sourcils. Quelque chose qu'elle n'avait pas aperçu en pleine lumière.

« Alors, il ferait bien d'y renoncer. Il n'y a pas de métier plus misérable », dit Tsukazaki, ne se souciant pas d'une réponse. « Cela, mon garçon, c'est un sextant fixe », dit-il en tapotant de la main un instrument qui ressemblait à un champignon blanc sur un long pied.

Quand ils pénétrèrent sur la passerelle, Noboru voulut toucher à tout ; le tube acoustique communiquant avec la chambre des machines, le pilote gyroscopique, le télémètre, les écrans des radars, l'enregistreur de route, le cadran portant les inscriptions : Stop, attention, en avant, et d'innombrables autres cadrans faisant rêver aux dangers de la navigation. Dans la pièce voisine, la chambre des cartes, il examina les rayons chargés de cartes et de tables, il étudia une carte

portant des effacements de crayon et encore en préparation. La carte zébrait la mer de lignes capricieuses
qui apparaissaient et reparaissaient d'une manière
curieuse. Ce qui était le plus fascinant était le journal
de bord : lever et coucher du soleil étaient marqués par
de petits demi-cercles, une paire de cornes dorées
indiquait les phases de la lune ; les marées montantes et
descendantes apparaissaient en lignes sinueuses.

Tandis que Noboru s'échappait dans ses rêves,
Tsukazaki était debout à côté de Fusako, et la chaleur
de son corps, dans la chambre des cartes qui était
étouffante, commençait à l'oppresser. Lorsque son
ombrelle qu'elle avait appuyée à une table tomba
soudain avec un bruit sec, il lui sembla que c'était elle
qui était tombée à la suite d'un évanouissement.

Elle poussa un petit cri. L'ombrelle avait glissé
devant ses pieds. Le marin se baissa immédiatement et
la ramassa. Il parut à Fusako qu'il se mouvait avec la
lenteur d'un plongeur sous l'eau. Il ramassa l'ombrelle
et alors, du fond de cette mer où il était resté sans
reprendre son souffle, sa casquette blanche remonta
lentement à la surface.

Shibuya poussa les portes à persiennes du bureau ;
dissimulant les rides profondes d'un visage préoccupé,
il annonça :

« Kasuga Yoriko vient d'arriver.

— C'est bien, je descends tout de suite. »

Tirée à l'improviste de ses pensées, Fusako regretta
sa réponse abrupte. Elle examina son visage dans le
miroir fixé au mur. Elle s'imagina qu'elle était encore
dans la chambre des cartes.

Yoriko était dans le patio avec une de ses dames de
compagnie. Elle portait un énorme chapeau en forme
de tournesol.

« Je voudrais que Mama choisisse pour moi. Sans elle, je n'y arriverai pas. »

Il déplaisait à Fusako d'être appelée Mama comme une tenancière de bar. Elle descendit lentement et alla vers Yoriko.

« Soyez la bienvenue. Il fait encore chaud aujourd'hui ! »

L'actrice se plaignait de la chaleur éreintante et de la foule qui regardait tourner le film sur la jetée.

Fusako imagina Ryûji dans cette foule et son humeur en fut affectée.

« Trente séquences ce matin ! Vous imaginez cela ? C'est ce que M. Honda appelle " courir un film ".

— Le film sera bon ?

— Sûrement non. Ce n'est pas un genre de film qui permette de remporter un prix. »

Gagner le prix de la meilleure actrice était devenu une obsession chez Yoriko. En fait, les présents qu'elle achetait aujourd'hui constituaient l'un de ses gestes courants à l'égard du jury. Sa disposition à croire à tous les scandales, sauf ceux qui la concernaient, permettait de supposer qu'elle se serait offerte sans hésitation à tous les membres du jury si elle avait pensé que cela pouvait lui être utile. Yoriko avait à lutter pour soutenir une famille de dix personnes, et en même temps elle était une beauté crédule ; en outre, ainsi que le savait Fusako, une femme très solitaire. Pourtant, bien qu'elle fût une bonne cliente, Fusako la trouvait difficile à supporter.

Toutefois, Fusako était d'une gentillesse paralysante ; les défauts et la vulgarité de Yoriko étaient aussi manifestes que d'habitude mais ils paraissaient aussi froids et inoffensifs qu'un poisson rouge nageant dans un bocal.

« J'ai d'abord pensé que des sweaters seraient bien puisque nous sommes presque en automne, mais vous êtes censée rapporter des choses achetées cet été, alors j'ai choisi quelques cravates Cardin, quelques chemises de polo et des plumes Jiff de quatre couleurs. Pour les femmes, des parfums feront sûrement l'affaire. J'ai préparé tous ces articles. En tout cas je vais vous les montrer.

— Je voudrais, mais je n'en ai absolument pas le temps. Je vais avoir à peine le temps de prendre en hâte un semblant de déjeuner. Puis-je m'en remettre entièrement à vous ? L'important ce sont les cartons et la présentation dans un beau papier. Voilà ce qu'il y a de vrai dans un cadeau. Ne croyez-vous pas ?

— N'ayez aucune crainte à ce sujet.

La secrétaire du président des Entrepôts de Yokohama arriva alors que Yoriko partait et elle fut la dernière cliente de la journée. A son habitude, Fusako se fit apporter dans son bureau, de la pâtisserie en face, un déjeuner simple consistant en un sandwich et une tasse de thé, et s'assit devant son plateau, de nouveau seule. Elle s'enfonça confortablement dans sa chaise comme un dormeur qui se glisse sous ses couvertures pour essayer de rattraper un rêve interrompu. Elle ferma les yeux et retourna sans effort au pont du *Rakuyo*...

La mère et le fils furent guidés par Tsukazaki pour assister au déchargement du bateau. Ils descendirent sur le pont d'où ils virent l'enlèvement des marchandises de la cale n° 4. La cale s'ouvrait sur un grand trou sombre dans le pont à leurs pieds. Un homme coiffé d'un casque jaune, debout sur le bord étroit du trou juste au-dessus d'eux, dirigeait la grue avec des signes de la main.

40

Les corps à moitié nus des dockers luisaient vaguement dans le fond du bateau. Pour arriver au plein jour, les colis étaient enlevés du fond de la cale par le bras d'une grue qui les élevait en les balançant vers l'ouverture. La lumière du soleil faisait des taches sur les colis et les accompagnait quand ils étaient descendus dans le chaland en attente près du bord.

Debout sous son ombrelle ouverte, Fusako contemplait les manœuvres terrifiantes et d'une lenteur mesurée, l'envol brusque des colis les uns après les autres, le dangereux éclat d'argent que jetait un endroit usé du câble. Elle avait l'impression que les lourds colis étaient pris sur elle, enlevés un à un par le bras d'une puissante grue, brusquement mais après une longue préparation. Elle frissonnait à la vue des colis qu'aucun homme n'aurait pu bouger et qui s'envolaient légèrement dans le ciel, elle aurait pu continuer indéfiniment à regarder. C'était sans doute là la destinée des colis mais en même temps c'était une merveille de mépris. Elle pensa : « Cela se vide rapidement. » Le travail avançait inexorablement mais non sans des moments d'hésitation, de la lenteur, des moments où la chaleur était si intense qu'elle vous laissait abattu.

C'est alors qu'elle dut dire : « C'est vraiment aimable à vous de nous avoir montré votre bateau alors que vous devez être si occupé. Pour vous en remercier, si vous êtes libre demain, ne voudriez-vous pas que nous dînions ensemble quelque part ? »

Elle avait dû prononcer ces paroles sur un ton assez froid, mais aux oreilles de Tsukazaki elles parurent comme le désir d'une femme frappée par la chaleur. Il regarda Fusako avec des yeux parfaitement honnêtes, étonnés.

La veille au soir, ils étaient allés dîner au New Grand

41

Hotel. C'était juste un dîner de remerciement. Il mangeait avec des manières convenables, ainsi qu'il sied à un officier. Une longue promenade après dîner. « Il me dit qu'il voulait me reconduire à la maison, mais nous allâmes au nouveau parc sur la colline et nous n'éprouvions pas le désir de nous souhaiter déjà bonne nuit ; nous nous sommes assis sur un banc. Nous eûmes alors une longue conversation. Sur toutes espèces de sujets. Je n'avais jamais parlé aussi longuement avec un homme auparavant, du moins depuis la mort de mon mari. »

CHAPITRE IV

Après avoir quitté Fusako qui se rendit à son magasin, Ryûji retourna un instant à son bateau, puis il fit un tour rapide en taxi dans les rues désertes et étouffantes de chaleur ; ensuite il remonta au parc dans lequel ils s'étaient arrêtés la nuit précédente. Il ne lui venait pas l'idée d'aller ailleurs en attendant l'heure où ils avaient promis de se rencontrer après la fermeture du magasin.

Il était midi et le port était désert. La petite fontaine d'eau potable débordait en teignant de noir la dalle de pierre ; les cigales chantaient dans les cyprès. Du port qui s'étendait au pied de la colline montait une rumeur sourde. Mais au travers de cette scène de plein midi, Ryûji se rappelait la nuit précédente. Son esprit s'en remémorait le cours dont il ne cessait de savourer le souvenir.

Sans se soucier de la sueur qui inondait son visage, il enleva du bout des doigts le papier de cigarette desséché qui était collé à ses lèvres tandis qu'il se répétait :

« Comment ai-je pu parler aussi stupidement la nuit dernière ! »

Il n'avait pas été capable d'expliquer ses idées de

gloire et de mort, la nostalgie et la mélancolie dont sa large poitrine était pleine, les autres sombres passions qui, dans sa pensée, foisonnaient dans l'océan. Chaque fois qu'il essayait de parler de ces sujets, il échouait. S'il y avait des moments où il se jugeait un homme sans valeur, il y en avait d'autres où, par exemple, la splendeur du soleil couchant au-dessus de la baie de Manille le pénétrait, et il savait alors qu'il avait été choisi pour dominer les autres hommes, mais il était resté incapable d'exposer ses convictions à Fusako. Il se rappelait sa question : « Pourquoi ne vous êtes-vous jamais marié ? » A quoi il avait répondu d'une manière ambiguë : « Il n'est pas facile de trouver une femme qui veuille épouser un marin. »

Ce qu'il avait voulu dire était ceci : « Tous les autres officiers ont maintenant deux ou trois enfants ; ils lisent et relisent les lettres qu'ils reçoivent de chez eux. Des lettres où leurs enfants ont dessiné leur maison, avec le soleil et des fleurs. Ces hommes-là ont renoncé à toute occasion qui se présenterait ; il n'y a plus d'espoir pour eux. Je n'ai pas réalisé grand-chose, mais j'ai vécu toute ma vie en pensant que j'étais le seul digne du nom d'homme. Alors si j'ai raison, une trompette claire, solitaire, sonnera un jour à l'aube ; un gros nuage lumineux descendra et la voix perçante de la gloire m'appellera de loin, je n'aurai qu'à sauter du lit et à partir seul. Voilà pourquoi je ne me suis jamais marié. J'ai attendu, attendu, et maintenant je passe la trentaine. »

Mais il n'avait rien dit de tout cela en partie parce qu'il pensait qu'une femme ne comprendrait pas. En outre, un homme ne rencontre qu'une fois dans sa vie la femme supérieure, mais inéluctablement la mort s'interpose sans que l'un ou l'autre ne l'ait prévue ;

c'est pourquoi ils sont entraînés par la fatalité. De sa conception d'une forme idéale d'amour née aisément au fond de lui, il n'avait pas non plus parlé. C'était probablement le résultat de l'exagération des chants à la mode. Mais avec les années l'idée avait pris force dans un coin de son cerveau où elle s'était mêlée à d'autres choses : l'obscure notion des marées, le grondement des raz de marée venus du large, le fracas des grosses vagues destructrices qui se brisent sur les roches, la force cachée du flot qui vous poursuit.

Il était certain que la femme qui était devant lui était la femme de ses rêves. Si seulement il avait trouvé des mots pour le dire...

Dans le grand rêve que Ryûji couvait en silence depuis si longtemps, il était l'accomplissement de toutes les vertus, la femme était le parangon des femmes ; tous deux venus de points opposés de la terre se rencontraient par hasard et la mort les unissait. Loin d'imiter les adieux de bas étage qui suivent les heures de débauche des marins, ils devaient descendre aux profondeurs du cœur où personne n'avait jamais pénétré... Mais il n'avait pu dire à Fusako la moindre bribe de ses pensées folles.

Au lieu de cela il avait parlé ainsi : « Lorsque au cours d'une longue traversée on passe devant la cuisine et que l'on aperçoit furtivement des raves ou des feuilles de navet, la vue de cette verdure vous donne un coup au cœur ; on a envie d'adorer ces brins verts. — Oui, n'est-ce pas ? Je vous comprends très bien. »

En ce moment les paroles de Fusako se répandaient comme un baume consolateur.

Ryûji emprunta à Fusako son éventail pour chasser les moustiques. Au loin, les lumières au haut des mâts des navires à l'ancre brillaient parmi les étoiles. Les lampes des toits des entrepôts au-dessous d'eux s'alignaient en bandes lumineuses régulièrement espacées. Il aurait voulu parler de la passion qui empoigne un homme à la nuque pour la transporter dans un royaume au-delà de la crainte de la mort, mais loin de trouver les mots nécessaires il se lança dans le récit des épreuves qu'il avait endurées et resta la langue clouée.

Son père, employé dans une mairie de Tokyo, l'avait élevé, ainsi que sa sœur, tout seul après la mort de la mère. Pour faire face aux frais de son éducation, le vieillard, affaibli, avait dû faire des travaux supplémentaires. En dépit de tout, Ryûji, en grandissant, s'était transformé en un homme solide. Dans la dernière partie de la guerre, sa maison avait été détruite par un bombardement aérien. Sa sœur était morte du typhus peu après ; il avait été diplômé de l'école supérieure de la marine marchande et allait commencer sa carrière quand son père mourut lui aussi. Ses seuls souvenirs de la vie à terre étaient ceux de la pauvreté, de la maladie et de la mort ainsi que d'une dévastation infinie. En se faisant marin, il se détachait de la terre à jamais. C'était la première fois qu'il parlait aussi longuement de ces choses à une femme.

Lorsque, sans y être obligé, Ryûji s'étendait avec une certaine fierté sur les misères de sa vie et qu'en même temps il rappelait le montant de ses économies, il ne pouvait s'empêcher, tout comme un homme ordinaire, d'exalter la puissance et les bienfaits de la mer ; il avait envie d'en parler afin de tirer gloire de sa valeur. C'était un aspect particulier de sa vanité. Il voulait parler de la mer, dire par exemple : « C'est vraiment grâce à la mer que l'idée m'est venue de penser à l'amour plus qu'à toute autre chose, à un

46

amour qui vous consume, qui vaille qu'on en meure.
Pour un homme constamment enfermé dans un bateau
d'acier, la mer qui l'entoure ressemble trop à une
femme. Cela est évident quand on connaît ses accal-
mies et ses tempêtes, ses caprices ou la beauté de sa
poitrine reflétant le soleil couchant. Cependant, le
bateau sur lequel on est embarqué et qui s'avance en
fendant l'eau est toujours repoussé par elle, et bien que
cette eau soit en quantité infinie, elle ne sert à rien pour
étancher la soif dont on souffre. S'il est entouré d'un
élément naturel qui lui rappelle une femme, le marin
est tenu éloigné d'un beau corps de femme. C'est là
tout le problème, je le sais. »

Mais au milieu de ces explications détaillées, c'était
toujours le même air qui lui revenait aux lèvres.

> *J'ai décidé de me faire marin*
> *Pourtant, du port qui s'éloigne...*

« Je connais, l'air est joli », dit Fusako. Mais il savait
qu'elle voulait simplement excuser son orgueil. Il était
évident qu'elle entendait l'air pour la première fois
bien qu'elle prétendît qu'il lui était familier. « Elle ne
peut comprendre les sentiments que le sens intime de
ce chant fait naître en moi, ni pénétrer jusqu'aux
sombres profondeurs de mon cœur d'homme qui
pleure parfois de nostalgie. En bref, je ne puis la
regarder que comme un être différent de moi. »

Jetant un coup d'œil, il s'aperçut que cet être avait
un corps délicat et parfumé.

Fusako portait un kimono de dentelle noire par-
dessus un autre de couleur cramoisie, sa ceinture était
de brocart blanc. Son visage poudré flottait, froid,

dans l'obscurité. Le cramoisi perçait, attrayant, à travers la dentelle noire.

Elle était un être dont la délicatesse emplissait l'air environnant d'une présence bien féminine. Ryûji n'avait jamais vu de femme d'un tel luxe, d'une telle élégance.

Sa robe passait du cramoisi au violet foncé à chaque faible mouvement du corps modifiant l'angle sous lequel l'éclairaient les lointaines lampes au mercure. Il devinait sous ces voiles les plis que faisait tranquillement le corps à chaque respiration. L'odeur de sa transpiration et celle de son parfum lui étaient envoyées par la brise et paraissaient lui crier sans cesse : « Meurs ! Meurs ! » Ryûji s'imaginait le temps où les doigts délicats qui s'agitaient furtivement hésitants deviendraient des doigts de feu dans les flammes.

Son nez était parfait, ses lèvres exquises. Tel un maître du jeu de go posant une pierre sur son jeu après mûre réflexion, il plaçait dans sa vision ses traits l'un après l'autre et en jouissait. Ses yeux étaient d'un froid glacial et d'un calme qui étaient la luxure même, des yeux qui, en dépit d'une indifférence au monde prêts à se modifier du tout au tout, trahissaient un cœur aimant le sacrifice. Le souvenir de ses yeux avait poursuivi Ryûji depuis leur promesse de dîner ensemble et il n'en avait pas dormi de la nuit.

Et quelles voluptueuses épaules ! Des épaules qui, telle la ligne du rivage, n'avaient pas de commencement et descendaient doucement depuis la naissance de la nuque, des épaules gracieuses, nobles, modelées pour que la soie pût glisser sur elles et tomber. « Quand je tenais ses seins dans mes mains, ils se nichaient, lourds de transpiration dans mes paumes. Je me sens responsable de toute la chair de cette femme et cela parce qu'elle est quelque chose qui est à moi et que je gouverne, qui est pleine de douceur, d'égoïsme et de caprices. Je frémis devant la douceur infinie de sa présence ici ; quand elle me sent trembler elle tourne le blanc de ses yeux comme le vent fait tourner les feuilles pour en montrer l'envers. »

Soudain surgit à la mémoire de Ryûji une histoire bizarre que lui avait contée le capitaine. Ce dernier lui avait dit qu'un jour, parcourant Venise à marée haute, il avait visité un palais splendide et avait été étonné de trouver que les dalles du rez-de-chaussée du joli petit palais étaient sous l'eau. Involontairement, Ryûji se répétait : « Un joli petit palais au sol submergé. »

« Parlez-moi encore », dit Fusako. Sans répondre, Ryûji sut qu'il pouvait embrasser ses lèvres. Quand ils se donnèrent un baiser, le mouvement glissant et enflammé de leurs lèvres changeait chaque fois qu'elles s'unissaient ou se séparaient et ils se versaient l'un à l'autre un flot de lumière qui se résolvait en un fil lumineux plein de douceur et de tendresse.

Les épaules que caressaient maintenant ses paumes rudes étaient plus réelles que celles qu'il avait jamais vues en rêve.

Comme un insecte qui s'enferme dans ses ailes repliées, Fusako baissa ses longs cils. Un bonheur assez intense pour rendre un homme fou, pensa Ryûji. Un bonheur qui venait il ne savait d'où. La respiration de Fusako semblait d'abord venir de quelque endroit de sa poitrine, mais peu à peu sa chaleur et son odeur changèrent jusqu'à paraître émaner d'une profondeur insondable en elle. Le feu de sa respiration changeait nettement aussi. Leurs corps s'accrochèrent l'un à l'autre et se heurtèrent comme ceux de deux bêtes sauvages qui se bousculent en mouvements impatients le long d'un cercle de feu qui les entoure. Les lèvres de Fusako s'amollirent. Ryûji pensa qu'il serait heureux de mourir en cet instant. Ce n'est que lorsque le bout froid de leurs nez se toucha que Ryûji comprit dans un rire étouffé qu'ils étaient deux corps bien distincts.

Il ne se rappelait plus combien de temps s'était écoulé avant que Fusako ne dise :

« Si vous veniez passer la nuit à la maison ? C'est la maison dont on voit le toit là-bas », et elle montra du doigt un toit d'ardoises qui dépassait les autres, à la lisière du parc.

Ils se levèrent et regardèrent autour d'eux, Ryûji enfonça vigoureusement sa casquette de marin sur sa tête et passa son bras sur les épaules de Fusako. Il n'y avait personne dans le parc. Le phare tournant de la Tour de la Marine balayait de ses rayons vert et rouge les bancs de pierre vides du parc désert, la fontaine d'eau potable, les parterres de fleurs, les blanches dalles de pierre.

Par habitude, Ryûji jeta un coup d'œil sur sa montre. Il pouvait tout juste en voir le cadran à la lueur d'un réverbère hors du parc : dix heures et quelques minutes ; d'ordinaire cela lui faisait deux heures avant son quart de nuit.

Ryûji ne put supporter plus longtemps la chaleur du jour. Le soleil était maintenant à l'ouest et lui brûlait la nuque ; il avait laissé sa casquette sur le *Rakuyo*.

Aujourd'hui il avait changé de vêtements sur le bateau ; il était parti en chemise à manches courtes et sans sa casquette réglementaire. Le premier officier l'avait dispensé de quart pour deux jours en le remplaçant par le troisième officier à charge de prendre la place de ce dernier à la prochaine escale. Pour son rendez-vous de ce soir avec Fusako, il avait revêtu un costume civil et mis une cravate mais déjà la sueur avait fripé sa chemise.

Il regarda sa montre. Il n'était que quatre heures et c'était à six heures que Fusako lui avait donné rendez-vous dans un café de la Motomachi-dôri qui devait avoir la télévision en couleurs, mais maintenant il avait deux heures à attendre et cela ne valait pas la peine d'entrer au café. Il s'appuya à la balustrade qui servait de clôture au parc et regarda le port. Le comparant avec ce qu'il en connaissait déjà, il vit les entrepôts qui étendaient leurs ombres triangulaires sur les espaces récupérés sur la mer. Deux ou trois voiles blanches cinglaient pour rentrer au bassin des yachts. Les nuages amoncelés au large n'annonçaient pas un orage pour le soir, mais à ce moment le soleil couchant sculptait avec précision dans leur masse d'un blanc pur ce qui ressemblait à des muscles tendus. Se rappelant un jeu malicieux de son enfance, Ryûji s'approcha de la fontaine d'eau potable qui se trouvait dans un coin du parc et, bouchant le tube avec son pouce, il fit jaillir un éventail d'eau sur les dahlias, les chrysanthèmes blancs d'été, les cannas qui penchaient la tête sous la chaleur. Les feuilles frémirent, un petit arc-en-ciel s'éleva sous le jet d'eau, les fleurs redressèrent la tête. Sans se soucier de mouiller sa chemise, il renversa le jet et s'amusa à se doucher les cheveux et le visage. L'eau dégouttait de sa gorge sur sa poitrine, son ventre, tissant un écran doux et frais, indescriptible plaisir.

Il se secoua à la manière d'un chien. Prenant son veston sur le bras, il marcha vers la sortie du parc. Sa

chemise était trempée mais il ne se donna pas la peine
de l'enlever ; le soleil aurait vite fait de la sécher.

Il sortit du parc. Il était surpris du calme des
maisons alignées le long des rues, sous des toits solides,
entourées de murs de clôtures. Comme toujours, la vie à
terre lui apparaissait abstraite et irréelle. Même lorsqu'il passait devant la porte d'une cuisine restée
entrouverte et qu'il était frappé par l'éclat des ustensi-
les de cuisine bien astiqués, il trouvait qu'il manquait
terriblement à tout quelque chose de concret. Il
appréhendait aussi ses désirs sexuels d'autant plus
qu'ils étaient physiques ; le souvenir de ceux que le
temps avait peu à peu relégués dans sa mémoire n'y
était resté que comme un scintillement analogue à celui
de sel qui cristallise sous un soleil brûlant à la surface
d'une solution pure.

Je coucherai sans doute encore avec Fusako ce soir.
Il est probable que je ne dormirai pas un instant de
cette dernière nuit de permission. Le bateau partira
demain soir. Je me volatiliserai probablement plus vite
que le souvenir de ces deux nuits fantastiques.

La chaleur chassait en lui toute envie de dormir.
L'imagination aiguisait son désir tout en marchant et il
évita de justesse une grosse voiture étrangère qui
montait la côte dans un vrombissement.

Il vit alors une bande de jeunes gens qui débou-
chaient d'un sentier au pied de la colline. En l'apercevant, l'un d'eux s'arrêta net ; c'était Noboru. Ryûji
remarqua sous le short les genoux enfantins du jeune
garçon qui se raidissaient brusquement pour s'arrêter
pile. Il vit les traits tendus du visage qui le regardait et
il se rappela ce que Fusako avait dit : « Il y avait
quelque chose chez Noboru ce matin, presque comme
s'il savait... »

Dominant la surprise qui s'était emparée de lui un instant en se trouvant en présence de l'enfant, Ryûji s'efforça de sourire et s'écria :

« Oh ! Quelle heureuse rencontre ! Tu as pris un bon bain ? »

Le garçon ne répondit pas. D'un œil clair, indifférent, il regardait fixement la chemise trempée de Ryûji :

« Ah ! Comment vous êtes-vous inondé comme cela ?

— Cela ? demanda Ryûji avec un nouveau sourire forcé. Je me suis douché à la fontaine d'eau potable qui est dans le parc. »

CHAPITRE V

Il était désagréable à Noboru d'avoir rencontré Ryûji dans le parc. Il se demandait comment il pourrait empêcher le marin de parler à sa mère de cette rencontre. Il n'était pas allé se baigner à Kamakura. En outre, l'un des garçons que Ryûji avait vus dans le groupe était le chef. Cela n'avait pas d'autre importance : personne n'aurait été capable, à première vue, de désigner parmi eux celui qui était le chef.

Ce matin-là, les garçons avaient quitté la ville avec des repas froids empaquetés et s'étaient rendus à pied à la jetée Yamanouchi à Kanagawa. Pendant un certain temps, ils avaient suivi la voie ferrée derrière les hangars des quais et puis ils avaient tenu leur réunion habituelle pour discuter de l'inutilité de l'espèce humaine, du non-sens qu'est la vie. Ils aimaient de tels endroits peu sûrs où ils couraient toujours le danger d'être dérangés. Le chef, N° 1, N° 2, N° 3 (c'était Noboru), N° 4 et N° 5 étaient de jeunes garçons de petite taille, délicats, bons élèves à l'école. En fait, la plupart de leurs maîtres ne tarissaient pas d'éloges à l'égard de ce groupe de premier ordre, et le donnaient en exemple aux étudiants moins doués.

N° 2 avait trouvé cet endroit dans la matinée ; le chef

le tout premier et les autres avaient approuvé son choix. Derrière un grand hangar portant l'inscription Yamanouchi, magasin n° 1, une voix de garage aux rails rouillés, apparemment hors de service depuis longtemps serpentait avec des aiguillages rouillés eux aussi, au milieu d'un champ en friche parmi des chrysanthèmes sauvages aux hautes tiges et des tas de vieux pneus.

Au loin, dans le petit jardin précédant le bureau du magasin, des cannas flamboyaient au soleil. C'étaient les flammes de la fin de l'été ; les fleurs commençaient à dépérir mais tant qu'elles étaient visibles les garçons ne se sentaient pas hors de portée de la vue du gardien, aussi firent-ils demi-tour et suivirent-ils la voie de garage en sens inverse. Elle s'arrêtait devant la porte lourdement verrouillée d'un magasin vide. Derrière la muraille que faisait un empilement de vieux bidons rouges, jaunes, bruns, accoté au bâtiment, ils découvrirent un carré d'herbe caché aux regards et sur lequel ils s'assirent. Les rayons ardents du soleil couronnaient le sommet du toit mais le carré d'herbe était encore dans l'ombre.

« Epatant, ce marin ! Il était comme une bête fantastique qui jaillit de la mer tout ruisselant d'eau. La nuit dernière j'ai vu qu'il couchait avec maman ! »

Excité, Noboru commença le récit détaillé de la scène dont il avait été le témoin la nuit précédente. Tous les garçons l'écoutaient froidement, mais il vit qu'ils ne le quittaient pas des yeux et faisaient tous leurs efforts pour comprendre chacune de ses paroles ; il était satisfait.

« Et c'est là ton héros ? » demanda le chef quand il eut fini. Sa lèvre supérieure avait tendance à se relever quand il parlait. « Un héros ! Il n'y a rien qu'on puisse appeler ainsi dans le monde.

— Mais lui est différent. Il fera sûrement quelque chose, tu sais !

— Quoi ?

— Il fera bientôt quelque chose d'épatant.

— Idiot ! Un homme comme ça ne fait rien du tout. Il vise probablement la fortune de ta mère. Quand il l'aura sucée jusqu'à la moelle : Tout est fini, madame, au revoir !

— C'est tout de même quelque chose, cela. Quelque chose que nous ne pourrions pas faire !

— Tes idées sur les gens sont encore rudement naïves ! dit froidement ce chef de treize ans. Il n'y a rien que nous ne puissions faire et qu'un adulte soit capable de faire. Un énorme sceau portant : *Impossible* est collé sur le monde. Je vous demande de ne pas oublier que nous sommes les seuls à pouvoir le briser une fois pour toutes. »

Frappés de crainte et de respect, tous les garçons se taisaient.

« Et tes parents ? demanda le chef en se tournant vers le N° 2, je suppose qu'ils te refusent toujours de t'acheter un fusil à air comprimé ?

— Ah ! il n'y a pas d'espoir, murmura le N° 2 en s'entourant les genoux avec ses bras.

— Ils disent probablement que c'est dangereux !

— Oui. »

Des fossettes creusèrent profondément les joues du chef, blanches même en été.

« Ils ne savent pas ce qu'est le danger. Ils pensent que le danger est quelque chose qui blesse physiquement, qui fait couler un peu de sang et fait écrire dans la presse de longs articles sensationnels. Qu'est-ce que cela ? Le danger, c'est la vie, pas autre chose. Ce qu'on appelle la vie est simplement un chaos d'existences qui se désagrège à chaque instant jusqu'à un point où le désordre initial recommence et qui se nourrit de l'insécurité et de la crainte pour recréer l'existence à chaque instant. Il n'y a pas de phénomène plus dangereux. Il n'y a pas de cruauté dans l'existence elle-même, ni d'insécurité, mais la vie les crée. La société n'a fondamentalement aucun sens. C'est un bain mixte à la romaine pour hommes et pour femmes. L'école en est la miniature, c'est pourquoi nous recevons sans cesse des ordres. Des aveugles qui disent ce qu'il faut faire et déchirent en lambeaux nos capacités illimitées.

— Et la mer ? demanda Noboru, N° 3, et les bateaux ? dit-il en insistant. La nuit dernière, je suis sûr d'avoir saisi le sens de l'ordre intime de la vie dont tu as parlé.

— Je suppose que la mer est tolérable jusqu'à un certain point. »

Le chef prit une respiration profonde de l'air salé qui soufflait entre les hangars.

« En fait, c'est probablement plus tolérable que toute autre des rares choses tolérables. Toutefois, je ne sais rien des bateaux. Je ne vois pas pourquoi un bateau serait différent d'une auto.

— Parce que tu n'y comprends rien.

— Oh ! »

Une expression de fierté blessée apparut entre les sourcils du chef qui avaient la minceur de la lune au troisième jour. Leur aspect artificiel, comme si on les avait peints, était la faute du coiffeur qui, en dépit des protestations du chef, lui rasait le front au-dessus des paupières.

« Cela va... Depuis quand as-tu le droit de supposer que je ne connais rien à mon métier ?

— Allons, déjeunons ! » dit N° 5 qui raisonnait en adulte. Tous les garçons dépaquetèrent leurs repas froids sur leurs genoux. A ce moment Noboru aperçut sur le sien une ombre qu'il n'avait pas remarquée. Il leva la tête et aperçut le vieux gardien de l'entrepôt qui, les coudes appuyés sur un bidon, les regardait.

« Holà, les gosses ! Vous avez choisi un sale endroit pour votre pique-nique. »

Avec un calme admirable, le chef lui sourit de l'air de l'étudiant modèle et lui dit :

« On ne peut rester ici ? Nous sommes venus pour voir les bateaux et puis nous avons cherché une place à l'ombre pour déjeuner.

— Cela va, cela va. Tâchez de ne pas laisser traîner vos emballages.

— Oui. Oui. »

Tous souriaient avec un air innocent d'enfants.

« On a assez faim pour manger jusqu'aux emballages ; on ne laissera rien traîner ! »

Ils regardèrent l'homme voûté s'éloigner en suivant la ligne entre le soleil et l'ombre. N° 4 fit claquer sa langue et dit :

« C'est un bon vieux. Il aime la jeunesse et c'est pourquoi il s'est montré étonnamment accommodant. »

Les six jeunes gens partagèrent les sandwiches et tout ce qu'ils avaient apporté et burent le thé rafraîchi de leurs petites bouteilles thermos. Une volée de moineaux s'abattit sur la voie de garage, juste en dehors de leur groupe, mais comme ils mettaient leur honneur à se montrer sans pitié, aucun des garçons ne partagea la moindre miette avec les oiseaux.

Tous ces garçons étaient fils de bonnes familles. Les repas qu'ils avaient apportés étaient abondants et variés. Noboru avait un peu honte de ses sandwiches assez simples. Le groupe était assis en tailleur, les uns en shorts, les autres en pantalons de coutil serrés aux chevilles. Le bas de la gorge étroite du chef s'agitait péniblement à chaque bouchée qu'il engloutissait. Il faisait terriblement chaud. Le soleil dardait maintenant ses rayons droit sur le toit dont les bords bas abritaient à peine les garçons. Noboru mâchait son déjeuner en hâte selon une habitude que sa mère ne cessait de lui reprocher, louchant vers la lumière éblouissante d'en haut, tout en mangeant la bouche ouverte comme s'il avait voulu attraper le soleil. Le dessin exact de la scène de la nuit revenait à sa mémoire. C'était presque la manifestation d'un ciel absolument bleu dans la nuit profonde. Le chef soutenait qu'on ne pouvait nulle part au monde trouver quelque chose de nouveau, mais Noboru croyait à l'aventure cachée au fond d'un pays tropical et il croyait à un port lointain, au marché violemment coloré et bruyant, aux bananes et aux perroquets vendus par des Noirs aux bras luisants.

« Tu rêves tout en mangeant, c'est une habitude d'enfant », dit le chef avec un sourire froid.

Noboru, voyant son état d'esprit découvert, ne put rien répondre : il se résigna parce qu'il réfléchit et se rappela que dans son groupe on pratiquait le précepte : « Ne faire preuve d'aucune passion » et qu'il aurait été sot de se mettre en colère.

Noboru avait été éduqué de telle sorte qu'au point de vue sexuel, rien, même pas la scène de la nuit précédente, ne pouvait l'étonner. Le chef avait mis tous ses soins à s'assurer que personne dans sa bande ne serait décontenancé par un tel spectacle. Comment se les était-il procurées ? Il possédait des photographies montrant l'accouplement dans les plus étranges positions et une collection de techniques précoïtales. Il les avait expliquées d'une manière détaillée enseignant complaisamment aux garçons l'insignifiance et le peu de valeur de pareils actes. D'ordinaire, de tels professeurs ont sur leurs camarades un développement physique plus avancé, mais l'enseignement du chef était entièrement différent. Il affirmait que l'appareil génital de l'homme était destiné à l'accouplement avec les étoiles de la Voie Lactée, que les poils du pubis qui leur poussaient au bas-ventre étaient les racines de couleur indigo des poils enfouis profondément sous la peau blanche et qui pousseraient au-dehors au moment du viol afin de chatouiller les débris d'étoiles remplies de honte. Les garçons s'abandonnaient totalement à ce genre d'histoire sacrée et dédaignaient leurs camarades stupides et pitoyables poursuivis par la curiosité des choses sexuelles.

« Quand vous aurez fini de manger, vous viendrez à la maison, dit le chef. Tout est prêt, vous savez dans quel but ?

— Tu as un chat ?

— Je vous en chercherai un. Ce ne sera pas long. »

La maison du chef était voisine de celle de Noboru ; il fallait prendre un tramway pour rentrer mais tous aimaient de telles excursions sans signification, ennuyeuses.

Chez le chef, les parents étaient toujours absents. La maison de ces gens toujours sortis pour des distractions était toujours vide. Toujours seul, ce garçon de treize ans avait lu tous les livres de la maison et ils étaient arrivés à l'ennuyer. Il disait qu'il n'avait qu'à voir la couverture d'un livre pour savoir ce qu'il contenait.

Il était naturel que le vide de cette maison eût nourri les idées du chef sur le vide écrasant du monde. Noboru n'avait jamais vu une maison dont l'entrée et la sortie étaient aussi libres et s'étonnait d'y trouver tant de pièces froides. La maison l'effrayait tellement qu'il avait peur d'aller tout seul aux toilettes. Le sifflement des sirènes du port se répercutait d'une chambre vide à une autre chambre vide.

Parfois le chef conduisait la bande dans le cabinet de travail de son père, s'installait devant son superbe sous-main en maroquin et écrivait les sujets à discuter avec d'importants mouvements de plume entre l'encrier et le papier à en-tête gravé. S'il se trompait, il froissait l'épaisse feuille de papier d'importation et la jetait sans ménagement dans la corbeille aux vieux papiers. Une fois, Noboru lui demanda :

« Cela ne te fera pas gronder ? »

Le chef ne lui répondit que par un sourire incrédule et froid.

Mais les garçons aimaient particulièrement un grand hangar dans le jardin, derrière la maison, où ils pouvaient aller sans passer sous les yeux du domestique. Le sol était nu, encombré de deux ou trois vieilles poutres et de planches sur lesquelles étaient placés de gros outils, des bouteilles vides et des vieux numéros de revues étrangères ; quand ils s'asseyaient sur la terre sombre et humide, le froid se communiquait immédiatement à leurs derrières.

Au bout d'une heure de chasse ils découvrirent un petit chat perdu qui miaulait faiblement, un gentil petit chat aux yeux mordorés, assez petit pour tenir dans la paume de Noboru.

Comme ils transpiraient abondamment, ils se dévêtirent tour à tour au-dessus d'un évier dans un coin du hangar. Pendant ce temps le chat passa de main en main.

Noboru sentit les battements du cœur du chat contre sa poitrine nue et mouillée. C'était comme s'il avait volé un peu de l'essence heureuse et libre de la lumière intense du soleil d'été.

« Comment va-t-on s'y prendre ?

— Il y a une grosse pièce de bois, là. En le cognant dessus, on le tuera. C'est simple. N° 3, vas-y ! » ordonna le chef.

C'était un test pour le cœur de Noboru aussi froid que le pôle Nord. Il venait de prendre une douche, pourtant une sueur abondante lui vint. L'intention de tuer passa dans sa poitrine comme la brise de mer souffle le matin. Il sentait dans sa poitrine comme un séchoir en tubes métalliques sur lequel sèchent des chemises blanches au soleil. Les chemises battraient bientôt au vent et alors il devrait tuer, brisant la chaîne sans fin des odieuses défenses de la société.

Noboru saisit le petit chat par la tête et se leva. Muet, le chat pendillait au bout de ses doigts. Il réprima un sentiment de pitié mais qui s'évanouit à l'instant comme la vision d'une fenêtre éclairée que l'on aperçoit d'un train express. Le chef prétendait que de tels actes étaient nécessaires pour combler les grands vides du monde. Il disait que rien d'autre ne pouvant y parvenir, le meurtre remplirait ces vides de même qu'une fêlure remplit un miroir. Par là ils se rendraient maîtres de l'existence.

Résolu, Noboru brandit le chaton au-dessus de sa tête et le jeta avec force contre la pièce de bois. La petite chose douce et tiède qui était entre ses doigts vola dans l'air à toute vitesse. La sensation du pelage fourré demeura entre ses doigts.

« Il n'est pas encore mort. Recommence ! » ordonna le chef.

Les cinq garçons debout çà et là dans l'ombre du hangar, encore nus, restaient sans bouger, les yeux brillants.

Ce que Noboru releva entre deux doigts n'était plus un chat. Une force splendide avait surgi en lui jusqu'au bout de ses doigts et il n'eut qu'à lever en l'air un arc inerte qu'il frappa nombre de fois sur le bois. Il se sentait un géant. Une fois seulement, au second coup, le chaton poussa un miaulement étouffé...

Le chaton avait rebondi de la poutre une dernière fois. Ses pattes de derrière entremêlées tracèrent de grands cercles mous sur le sol sale et puis s'affaissèrent. Les garçons se réjouissaient des taches de sang maculant la poutre par places.

Comme s'il avait plongé le regard dans un puits profond, Noboru regarda le corps tombé dans le petit trou de la mort. Il sentit dans la manière dont il approchait son visage du chat que la douceur terrifiante dont il avait courageusement fait preuve était une douceur qui pouvait être prise pour de la bonté. Du sang noir coulait de la queue et du nez du chat ; sa langue était repliée convulsivement, collée au palais.

« Dites donc, approchez-vous ! Maintenant c'est moi qui opère. » Le chef avait enfilé à un certain moment une paire de gants de caoutchouc. Il se pencha sur le cadavre du chat, ayant en main des ciseaux étincelants. Des ciseaux dont l'éclat froid brillait dans la pénombre du hangar ; des ciseaux splendides dans leur dignité froide et intellectuelle. Noboru ne pouvait imaginer pour le chef une arme plus appropriée.

Saisissant d'une main le petit chat par le cou, le chef perça la peau de la poitrine avec la pointe des ciseaux et ouvrit une longue entaille jusqu'à la gorge. Puis il écarta la peau sur les côtés avec les deux mains et l'intérieur apparut luisant comme la chair blanche d'une pousse de bambou dont on aurait enlevé la pelure. Son cou dépouillé, posé gracieusement par terre, paraissait porter un masque de chat.

Le chat n'était qu'un extérieur, la vie avait simplement emprunté l'apparence d'un chat. L'intérieur... Sous la surface se trouvait un intérieur glissant sans expression, une existence intérieure placide, un blanc luisant en parfaite harmonie avec Noboru et les autres, et ils pouvaient sentir leurs propres intérieurs compliqués, d'un noir d'encre, s'en approcher et le couvrir de leur ombre, comme des bateaux se déplaçant sur l'eau.

C'est vraiment à ce moment que les garçons et le chat, ou plutôt ce qui avait été un chat, ne firent plus qu'un. Progressivement l'endoderme fut mis à nu ; joli comme de la nacre, il n'était pas du tout répugnant. Ils pouvaient voir maintenant à travers les côtes et observer sous l'épiploon la poussée chaude et intime des entrailles.

« Qu'est-ce que vous en pensez ? Est-ce qu'il n'est pas trop nu ? C'en est indécent d'être aussi nu, dit le chef en étalant la peau avec ses mains gantées de caoutchouc.

— Il ne peut vraiment être plus nu », dit N° 2.

Noboru essayait de comparer ce cadavre qui se présentait ainsi nu au monde, avec les figures on ne peut plus nues de l'homme et de sa mère la nuit précédente, mais elles n'étaient pas assez nues en comparaison. Elles étaient encore enveloppées dans une peau. Même la sirène impressionnante et le vaste

65

monde qu'elle évoquait ne pouvaient pas avoir pénétré aussi profondément que ceci : le chat dépouillé était placé par les mouvements de ses viscères en contact plus direct et plus frémissant avec le noyau du monde.

« Et maintenant qu'est-ce qui va commencer ? » dit Noboru qui se bouchait le nez avec son mouchoir en tampon pour se défendre de l'odeur nauséabonde qui montait, respirant avec peine par la bouche.

Le sang ne coulait presque plus du chat. Le chef coupa avec ses ciseaux une membrane mince et découvrit un gros foie d'un rouge noirâtre. Puis il enleva les petits intestins d'un blanc immaculé et les enroula sur le sol. Une vapeur s'éleva et entoura les gants de caoutchouc. Il coupa le côlon en tranches et en fit sortir un liquide couleur citron qu'il fit voir aux garçons.

« Cela donne l'impression de couper de la flanelle. »

Tout en observant tous ces détails avec une scrupuleuse attention, Noboru laissait son esprit errer en rêve.

Les pupilles mortes du chat étaient violettes, tachées de blanc. Sa gueule ouverte était remplie de sang coagulé ; sa langue repliée était visible entre les canines.

Quand les ciseaux jaunes de graisse coupèrent les côtes, Noboru les entendit craquer. Il regarda avec la plus grande attention le chef fouiller dans la cavité abdominale puis écarter le petit péricarde et retirer un petit cœur ovale. Quand il pressa ce dernier entre ses doigts, le sang qui y restait gicla sur ses gants de caoutchouc qu'il rougit jusqu'au bout des doigts.

« Que se passe-t-il ici en vérité ? » Noboru avait supporté l'épreuve de bout en bout. Maintenant son esprit à demi enveloppé dans un rêve revoyait les viscères chauds éparpillés et les paquets de sang accumulés dans le ventre vidé et trouvait dans l'extase de la grande âme mélancolique du chat mort plénitude et perfection. Le foie, flasque à côté du cadavre, devenait une douce péninsule, le cœur exprimé un petit soleil, les intestins enroulés un récif blanc, le sang dans le ventre les eaux tièdes d'une mer tropicale. La mort avait transformé le petit chat en un monde parfait, autonome.

« C'est moi qui ai tué ! » Une main lointaine atteignit Noboru dans son rêve et lui délivra un certificat de mérite : « Je peux tout faire, aussi épouvantable que ce soit. »

Le chef enleva ses gants de caoutchouc qui crissaient et posa une superbe main blanche sur l'épaule de Noboru.

« Tu as bien travaillé. Je crois que tu peux dire que ceci a fait de toi un homme véritable. Quoi qu'il en soit, de voir ce sang doit te donner la sensation d'être brave. »

CHAPITRE VI

La rencontre de Ryûji en revenant de la maison du chef, juste après qu'ils eurent enterré le chat, avait été une malchance. Noboru s'était lavé les mains avec soin mais n'y avait-il pas du sang quelque part ailleurs, sur son corps, ou sur ses vêtements ? L'odeur du chat mort ne s'était-elle pas attachée à ses vêtements ? Et si ses yeux le trahissaient comme ceux d'un criminel rencontrant une personne de connaissance juste après son crime ? Noboru en avait l'esprit troublé.

Déjà cela ferait du vilain si sa mère apprenait qu'il se trouvait près du parc à l'heure où elle supposait qu'il se baignait à Kamakura avec un groupe d'amis… Noboru s'était laissé surprendre, il était un peu effrayé et il décida que tout était la faute de Ryûji.

Les autres garçons se dispersèrent après de brefs adieux, laissant seuls sur la route chaude où ne passaient ni piétons ni voitures Ryûji et Noboru qui projetaient sur le sol leurs ombres longues de quatre heures après midi.

Noboru avait honte à en mourir. Il pensait trouver l'occasion de présenter à loisir Ryûji au chef. Si les circonstances avaient été favorables, la présentation aurait pu être couronnée de succès, et le chef aurait pu admettre malgré lui qu'il était un héros. L'honneur de Noboru eût été sauf.

Mais lors de cette rencontre malheureuse et imprévue, l'officier de marine s'était présenté en chemise à manches courtes toute trempée d'eau et, comme si ce n'était pas suffisant, il s'était adressé à Noboru avec un sourire servile et superflu. Le sourire était complètement inutile ; il était une injure car il était fait pour amadouer Noboru comme un enfant ; en outre, il transformait Ryûji lui-même en une caricature indécente d'un adulte qui aime les jeunes. Trop lumineux et artificiel, ce sourire adressé à un enfant était inutile et impudent.

En outre, Ryûji avait dit des choses qu'il n'aurait jamais dû dire : « Oh ! Quelle heureuse rencontre ! Tu as pris un bon bain ? » Et quand Noboru avait remarqué d'un air réprobateur la chemise trempée, il aurait dû répondre : « Oh ! Cela ! J'ai sauvé une femme qui s'était précipitée du haut de la jetée. Cela fait la troisième fois que j'ai dû me mettre à l'eau sans quitter mes vêtements. »

Mais il n'avait rien dit de semblable. Au lieu de cela, il avait présenté cette explication ridicule : « J'ai pris une petite douche à la fontaine d'eau potable là-bas dans le parc. » Et tout cela avec ce sourire inutile !

« Je crois que cet homme veut faire en sorte que je l'aime. En cajolant le gamin d'une femme nouvelle, ce sera facile de m'assurer les faveurs de cette dernière ! » Ainsi pensait Noboru.

Tous deux se mirent à marcher dans la direction de la maison. Ryûji qui avait encore deux heures devant lui était heureux d'avoir trouvé quelqu'un avec qui il pouvait passer le temps.

« Pour nous deux, la rencontre a été surprenante ! » dit Ryûji tout en marchant.

Cette marque empressée de sympathie déplut à Noboru, mais elle facilita une demande qu'il retenait :

« S'il vous plaît, ne dites pas à maman que je vous ai rencontré sur ce chemin !

— Bien, bien. »

Le plaisir du marin d'avoir à garder un secret, son sourire rassurant et son consentement rapide déçurent Noboru. Ryûji aurait au moins pu lui inspirer une certaine crainte !

« Je suis censé revenir de la plage... Attendez un moment. »

Noboru bondit sur un tas de sable destiné aux travaux de la route, enleva ses chaussures de sport et commença à se frotter les pieds et les jambes avec des poignées de sable. Ryûji n'avait jamais vu une telle prestesse chez ce garçon. Se sachant observé, Noboru se frotta les mollets et jusqu'aux cuisses. Quand il fut satisfait il enfila ses chaussures sans les secouer pour en faire sortir le sable puis il se tourna vers Ryûji. « Regardez ! dit-il en montrant sa cuisse en sueur, le sable est collé et dessine des nuages tels qu'en peignent les artistes.

— Et où vas-tu maintenant ?

— Je rentre à la maison. Vous ne venez pas avec moi monsieur Tsukazaki ? Le salon est à air conditionné et il y fait très frais. »

Arrivés au salon, ils mirent en marche l'appareil à air conditionné, et Ryûji s'assit moelleusement sur une chaise en rotin. Après son retour de la salle de bains où il était allé de mauvaise grâce pour se laver les jambes sur l'ordre de la gouvernante, Noboru s'étendit sur la chaise longue près de la fenêtre.

La gouvernante apporta des boissons fraîches et recommença à gronder : « Je dirai à maman que vous vous tenez très mal devant les visiteurs ! »

Noboru implora Ryûji des yeux.

« Cela va. D'avoir nagé toute la journée, il paraît fatigué.

— Vraiment ? Tout de même, c'est trop sans-gêne. »

La gouvernante n'avait évidemment pas de sympathie pour Ryûji et paraissait faire passer son mécontentement sur Noboru en le grondant. Elle partit lentement en remuant de droite et de gauche ses fesses lourdes, mécontente.

La défense de Ryûji les unit dans un pacte tacite. Noboru lampa d'un trait le jus de fruit jaune. Puis il se tourna vers le marin et, pour la première fois, ses yeux étaient souriants.

« Je sais tout ce qui touche aux bateaux !

— Tu en remontrerais aux gens du métier !

— Je n'aime pas les flatteries. » Noboru leva la tête du coussin que sa mère avait brodé ; pendant un moment, ses yeux étaient furieux. « Monsieur Tsukazaki, à quelle heure prenez-vous le quart ?

— Comme officier en second de douze heures à seize heures et de zéro heure à quatre heures. C'est pourquoi on l'appelle le quart des voleurs !

— C'est amusant : le quart des voleurs ! » Cette fois Noboru rit franchement et son dos se courba comme un arc. « Combien d'hommes prennent le quart ensemble ?

— L'officier de service et deux hommes de barre.

— Par gros temps, combien le bateau prend-il de gîte ?

— Trente à quarante degrés quand cela va très mal.

Essaie de monter une pente de quarante degrés : tu as l'impression d'escalader un mur, c'est terrible. Il y a des moments où... » Cherchant ses mots, Ryûji regardait dans le vide. Noboru vit dans ses yeux les lames de l'océan en furie. Il sentit un léger mal de cœur ; il était en extase.

« Monsieur Tsukazaki, votre bateau n'assure pas un service régulier ?

— Non, non, admit Ryûji malgré lui ; sa fierté était un peu blessée.

— Je suppose que la plupart des parcours se font entre le Japon et la Chine, et puis l'Inde, n'est-ce pas ?

— Tu sais tout. Il nous arrive aussi de transporter du blé d'Australie en Angleterre. »

Les questions de Noboru se précipitaient ; sa curiosité sautait d'un sujet à un autre.

« Dites-moi. Quel est le principal chargement aux Philippines ?

— Ce doit être du bois.

— Et en Malaya ?

— Probablement du minerai de fer. Eh bien, sais-tu quel est le principal chargement transporté de Cuba ?

— Je le sais ! C'est sûrement le sucre. Vous vous moquez de moi. Dites-moi, monsieur Tsukazaki, êtes-vous jamais allé aux Antilles ?

— Oui, mais une seule fois.

— Etes-vous allé à Haïti ?

— Oui.

— Cela c'est bien. Quelle sorte d'arbres y a-t-il ?

— D'arbres ?

— Eh bien, oui, des arbres comme ceux qui sont plantés le long des routes...

— Ah ! Surtout des palmiers. Et puis les montagnes sont pleines de ce qu'on appelle des flamboyants. Et puis, des arbres de soie. Je ne me rappelle pas si les flamboyants ressemblent aux arbres de soie ; quand ils fleurissent, on dirait un incendie. Et quand le ciel devient d'un noir d'encre juste avant un orage du soir, ils ont les couleurs les plus fantastiques. Je n'ai jamais vu nulle part ailleurs des fleurs comme celles-là. »

Ryûji aurait voulu parler de son mystérieux attachement à un bois de palmiers paons mais il ne savait comment raconter une histoire de cette nature à un enfant, et dans son esprit lui revenait le souvenir des couchers de soleil sur le golfe Persique dans une lueur digne du dernier jour du monde et la caresse de la brise de mer sur sa joue quand le bateau était à l'ancre et aussi la chute irritante du baromètre à l'approche d'un typhon ; il était de nouveau impressionné par la force démoniaque de la mer agissant sans cesse sur son humeur et ses passions.

Juste comme s'il venait de voir les lames des tempêtes une minute auparavant, Noboru lisait un peu dans les yeux de Ryûji les phénomènes évoqués dans l'esprit de ce dernier. Entouré des visions de pays lointains et du jargon marin, il se sentait emporté vers le golfe du Mexique, l'océan Indien, le golfe Persique. Et ces voyages étaient possibles grâce à cet officier en second. Celui-ci était enfin le médium nécessaire à son imagination. Comme il l'avait attendu longtemps ! Au comble du ravissement, Noboru ferma énergiquement les yeux. « Le garçon a sommeil », pensa Ryûji. Il n'avait pas plus tôt eu cette pensée que Noboru rouvrait les yeux et constatait avec joie que l'officier de marine était réellement présent.

Le moteur de deux chevaux de l'appareil à air conditionné ronflait. La pièce était parfaitement fraîche maintenant. La chemise de Ryûji était parfaitement sèche. Il croisa ses mains puissantes derrière sa tête ; les cannelures du rotin lui firent froid aux doigts.

Ses yeux firent le tour de la pièce obscure et s'émerveillèrent à la vue de la pendule dorée posée sur le manteau de la cheminée, du lustre en cristal taillé qui pendait du haut plafond, des gracieux vases de jade posés avec précaution sur une étagère, tous ces objets délicats, immobiles. Il se demandait quelle mystérieuse puissance empêchait la pièce de bouger. Jusqu'à la veille ces objets n'avaient eu aucune signification pour lui. Demain il partirait. Toutefois, il existait pour le moment un lien entre eux et lui. Ce lien venait d'un regard échangé avec une femme, un signal des profondeurs de la chair, de la force brutale de l'homme qu'il était. De savoir cela le remplissait d'une impression de mystère comme lorsqu'il apercevait un navire inconnu au large. Quoique ce fût sa propre chair qui avait créé cette situation, le caractère irréel et mélancolique de celle-ci, en ce qui touchait cette pièce, le faisait trembler. « Que fais-je ici cet après-midi d'été ? Qui suis-je donc, moi qui suis assis et ne fais rien, à côté du fils d'une femme que j'ai eue la nuit dernière ? Jusqu'à hier j'avais ma chanson favorite : *J'ai décidé de me faire marin*, et les larmes qu'elle me faisait verser et un compte en banque de deux millions de yens, qui se portaient garants de la réalité de mon existence... et maintenant... »

Noboru se doutait que Ryûji était plongé dans ce vide. Il n'avait même pas remarqué que le marin ne regardait plus dans sa direction. Le manque de sommeil et une succession de chocs l'avaient épuisé ; les yeux, dont il avait dit à la gouvernante que l'eau salée les avait injectés de sang, commençaient à se fermer. Au moment où il glissait au sommeil, son esprit ressassait les figures pleines de lumière d'une absolue réalité qui lui étaient apparues depuis la dernière nuit au cours de périodes passées dans un monde immobile à jamais, désert, ennuyeux.

Il les vit comme des broderies d'or merveilleuses ressortant sur un tissu d'un noir uni, le marin nu se tournant vers la clarté de la lune pour faire face à la sirène, le masque grave du chat mort montrant ses dents, son cœur rouge... tout cela sous forme de substances somptueuses et absolument authentiques ; dès lors Ryûji aussi était un héros authentique... les incidents sur et sous la mer... Noboru se sentait sombrer dans le sommeil. « Bonheur ! pensait-il. Bonheur au-delà de toute description... » Il tomba endormi.

Ryûji regarda sa montre : il était temps de partir. Il frappa légèrement à la porte de la cuisine et appela la gouvernante.

« Il s'est endormi.

— C'est bien de lui !

— Il pourrait s'enrhumer. S'il y avait une couverture ou quelque chose...

— Je vais en prendre une au premier étage.

— Bon, je m'en vais.

— Je suppose que vous revenez ce soir ? » Un sourire niais tomba des lourdes paupières de la gouvernante lorsqu'elle leva un regard furtif vers Ryûji.

CHAPITRE VII

Depuis la plus haute antiquité les femmes ont répété des paroles d'acceptation résignée du pouvoir de la ligne d'horizon, de vénération aveugle pour cette ligne azurée, des paroles prononcées aussi bien par des femmes à l'orgueil le plus élevé que par les prostituées dans leurs moments de tristesse, d'espérance vaine, d'aspiration à la liberté et qui s'expriment par ces mots : « Tu me quitteras déjà demain. »

Mais Fusako était décidée à ne pas prononcer de telles paroles. Pourtant elle savait que Ryûji tenterait de les lui faire dire. Elle savait qu'il jouait son orgueil d'homme simple contre les larmes d'une femme se lamentant lors des adieux. Et quel homme simple il était ! Leur conversation dans le parc la nuit précédente en était une preuve. Il l'avait égarée en lui faisant attendre, avec son air pensif, des observations profondes ou même une déclaration romantique, et puis brusquement il lui avait parlé de feuilles vertes aperçues à la cuisine du bord, d'événements de sa vie sans intérêt et, finalement, embrouillé dans sa propre histoire, il s'était laissé aller à chanter le refrain d'une chanson populaire. Toutefois il plaisait à Fusako de savoir que l'esprit de Ryûji n'était pas la proie de ses rêves ou de son imagination et qu'il était d'une qualité semblable à celle des vieux meubles solides. Fusako avait besoin d'une garantie pour sa sécurité. Elle s'était gardée trop longtemps en évitant tous les dangers et les actes imprévus et dangereux auxquels elle s'était livrée depuis la nuit précédente l'avaient effrayée ; il lui était nécessaire que son partenaire fût d'une nature très simple. Elle était convaincue que Ryûji ne lui créerait pas d'ennuis financiers.

En allant à un restaurant de la Bashadô pour y manger un bifteck ils découvrirent un petit café tout neuf qui avait une fontaine dans le jardin et des lampes rouges et jaunes suspendues au-dessus de l'entrée ; ils décidèrent d'y prendre l'apéritif.

La menthe glacée que commanda Fusako était ornée, on ne sait pourquoi, d'une cerise avec sa queue. Fusako saisit délicatement le fruit avec ses dents et posa le noyau dans un cendrier de verre.

La lueur restée dans le ciel et reflétée par la fontaine du jardin filtrait à travers le rideau de guipure de la large fenêtre se répandant dans la salle presque vide de consommateurs. Ce fut probablement à cause de ces rayons délicatement teintés : Ryûji trouva infiniment attrayant le petit noyau poli et d'un rose délicat qui commençait à sécher. Il le saisit brusquement et le mit dans sa bouche. Un cri de surprise s'échappa des lèvres de Fusako qui se mit à rire. Elle n'avait jamais connu d'instant d'une telle paix physique.

Après dîner tous deux choisirent pour se promener des rues peu fréquentées. Prisonniers d'une tendresse qu'ensorcelait une nuit d'été, ils se promenaient en silence, les doigts entrelacés. Fusako se lissa les cheveux de sa main libre. Cet après-midi elle avait guetté un moment de répit au magasin pour se précipiter chez le coiffeur et se faire arranger rapidement les cheveux. Fusako avait rougi lorsqu'elle avait dit à la coiffeuse : « Pas d'huile, s'il vous plaît », alors qu'elle se faisait habituellement appliquer un peu d'huile parfumée ; la coiffeuse avait été étonnée. La chevelure et tout le corps de Fusaki menaçaient de mêler leur odeur aux relents des rues d'une nuit d'été.

Les doigts épais de l'homme qui étaient enlacés à ceux de Fusako plongeraient demain au-dessous de la ligne d'horizon. C'était incroyable comme un mensonge ridicule.

« A cause de vous, je suis tombée très bas, dit soudain Fusako en passant devant le grillage doré d'une société de pépiniéristes.

— Comment cela ? » dit Ryûji surpris en s'arrêtant.

Fusako regarda, à travers le grillage doré, les arbres, les arbrisseaux et les buissons de roses étroitement serrés dans la pépinière. Il faisait nuit noire, le grillage luxuriant était enchevêtré d'une façon manquant de naturel ; elle eut soudain la sensation que ses pensées intimes étaient découvertes au point de la mettre mal à l'aise.

« Comment cela ? » répéta Ryûji.

Fusako ne répondit pas. Comme propriétaire d'une maison bien considérée, elle avait besoin de protester contre une forme de vie qui commençait par des adieux à un homme, une forme de vie habituelle chez une prostituée de n'importe quel port. Mais ce n'eût été qu'un pas hors de la vie qui consiste à dire : « Vous me quitterez demain, n'est-ce pas ? »

Une vie solitaire à bord avait donné à Ryûji l'habitude de ne pas s'obstiner à approfondir ce qu'il ne comprenait pas. La question qu'il avait posée deux fois « comment cela ? » en réponse à la plainte exhalée par Fusako avait dès lors l'air d'une taquinerie. L'idée de se séparer le lendemain de cette femme était pénible mais il avait pour principe de dominer de telles souffrances, un principe se résumant dans un refrain qui revenait dans ses rêves : « L'homme s'en va pour la Grande Cause, la femme reste en arrière. » Toutefois Ryûji savait mieux que quiconque qu'il n'y avait pas de Grande Cause en mer. A la mer il y avait seulement des quarts qui se succédaient jour et nuit, une existence monotone, les ennuis prosaïques d'une vie de prisonnier.

Et puis les nombreux câbles d'avertissement : « Récemment des navires de notre compagnie ont été l'objet d'une série de collisions dans le canal de Kijima. Vous prie d'être extrêmement vigilants dans les canaux étroits et à l'entrée des ports. En raison de la situation actuelle de notre compagnie vous demande de redoubler d'efforts pour éviter tous incidents de cette nature. Signé : le directeur de la navigation. » Le cliché : « En raison de la situation actuelle de la compagnie » avait été inclus dans tous les câbles.

Tous les jours le journal du maître timonier enregistrerait le temps, la vitesse du vent, la pression atmosphérique, la température, l'humidité, la vitesse, la distance parcourue, les tours des machines par minute, un journal enregistrant avec précision les caprices de la mer au lieu d'enregistrer les changements d'humeur des hommes.

Au carré des officiers, les traditionnelles poupées dansant la danse du puisage de l'eau de mer, cinq hublots, au mur une carte du monde. Une bouteille de sauce[1] pendait du plafond au bout d'une lanière de cuir ; parfois des rayons de soleil pénétraient par les hublots ronds et frappaient la bouteille comme pour en lécher le liquide brun puis s'échappait de nouveau. Collé au mur de la cuisine était écrit le menu du petit déjeuner :

Soupe au miso[2] avec aubergines et tôfu[3].

Rondelles de rave séchée

Oignons crus, moutarde, riz.

Le menu du déjeuner était occidental et commençait toujours par un potage.

Par leurs tubes enchevêtrés les machines faisaient entendre de leur chambre peinte en vert un ronflement pressé comme celui d'un malade grave en proie à une grosse fièvre.

Demain tout cela serait de nouveau la vie de Ryûji. Ils s'étaient arrêtés devant une petite porte dans le grillage de la pépinière. L'épaule de Ryûji s'appuyant contre la porte grillagée la poussa légèrement ; elle n'était pas fermée et s'ouvrit doucement.

« Oh ! nous pourrions entrer ! » dit Fusako dont les yeux brillèrent comme ceux d'un enfant.

Jetant un regard rapide vers la fenêtre éclairée de la cabane du gardien, ils se glissèrent furtivement dans cette forêt dense faite de main d'homme et où on pouvait à peine poser le pied. Ils se prirent par la main et se frayèrent à tâtons un chemin à travers le fourré qui arrivait à hauteur de leurs épaules, repoussant les tiges des rosiers garnies d'épines, foulant aux pieds des fleurs jusqu'à un coin du jardin planté de végétaux des

1. Une bouteille de shôyu, sauce dont chacun assaisonnait sa nourriture. (*N.d.T.*)
2. Pâte faite avec du blé ou du riz, des haricots et du sel. (*N.d.T.*)
3. Gelée de haricots détrempés et broyés. (*N.d.T.*)

tropiques, encombré d'orchidées, de bananiers, de caoutchoucs, de yuccas et de toutes sortes de palmiers.

Voyant Fusako dans sa robe blanche, Ryûji s'imagina que leur première rencontre [1] devait avoir eu lieu dans une jungle tropicale. Ecartant soudain les feuilles épineuses qui menaçaient leurs yeux, ils s'enlacèrent spontanément.

Dans le sourd bourdonnement des moustiques, s'élevait l'odeur du parfum employé par Fusako. Ryûji profondément troublé avait perdu toute notion de l'heure et du lieu.

Plus loin, au-delà du mince grillage, de petites lampes rouges, au néon, scintillaient comme des poissons rouges ; de temps en temps, la lumière des phares d'une auto balayait les ombres de leur forêt secrète. Le clignotement de l'enseigne rouge au néon d'un café à l'occidentale traversait la rue et frappait le visage de Fusako ombragé par les palmes, teintant d'un rose discret ses joues pâles et noircissant ses lèvres rouges.

Ryûji et elle s'enlacèrent pour un long baiser qui les plongea dans une immense béatitude. Fusako ne pensait qu'à la séparation du lendemain. Caressant les joues de Ryûji, touchant les places chaudes et veloutées qu'il avait rasées, respirant l'odeur de sa chair qui s'élevait de sa poitrine agitée, elle sentait toutes les fibres de son corps qui lui disaient adieu. L'embrassement ferme et convulsif de Ryûji lui affirmait clairement combien sa présence lui était chère. Pour Ryûji ce baiser était la mort, plus exactement la mort par un amour dont il avait rêvé… La douceur de ses lèvres, sa bouche si rouge qu'il pouvait la voir dans l'obscurité

1. Dans une vie antérieure. (*N.d.T.*)

82

avec les yeux fermés, infiniment humide, une tiède mer de corail, sa langue s'agitant sans repos comme une algue : dans toute cette extase il y avait quelque chose qui se rattachait directement à la mort. Il se rendait parfaitement compte du fait qu'il la quitterait le lendemain. Pourtant il était prêt à mourir avec bonheur pour elle. L'idée de mort s'éveillait dans son esprit.

A ce moment le sifflement assourdi d'une sirène lointaine s'éleva de la Jetée centrale et remplit le jardin ; l'écho en était si vague qu'il aurait échappé à une oreille autre que celle d'un marin. « C'est un cargo qui part à cette heure-ci ? Pour avoir fini son chargement, comment ont-ils pu faire ? A quelle compagnie appartient donc ce bateau ? » Cette pensée rompit le charme du baiser ; il ouvrit les yeux. Il sentit que la sirène réveillait en lui sa passion ignorée certainement de tous pour la Grande Cause mais ce n'était peut-être là qu'un autre nom pour désigner le soleil des tropiques.

Ryûji s'arracha aux lèvres de Fusako et se mit à fouiller fébrilement dans la poche de son veston. Elle attendait. On entendit le froissement d'un papier et il sortit une cigarette tordue qu'il porta à ses lèvres, mais Fusako lui arracha furieusement le briquet qu'il tenait dans sa main. Il se pencha vers elle. « Je n'ai pas l'intention de vous donner du feu », dit Fusako. Un léger claquement métallique, la flamme jaillit et se refléta dans ses yeux immobiles au moment où elle l'approcha d'une grappe desséchée d'un palmier-chanvre, mais le feu ne prit pas. Ryûji était effrayé du geste résolu de Fusako.

La petite flamme éclaira les joues de Fusako et Ryûji vit une coulée de larmes. Lorsqu'elle comprit qu'il s'en était aperçu, elle éteignit le briquet. Ryûji la reprit dans ses bras, et, ayant bien constaté qu'elle versait des larmes, il se mit aussi à pleurer.

Noboru attendait en colère le retour de sa mère. Vers dix heures le téléphone sonna. Quelques instants plus tard, la gouvernante entra dans sa chambre pour lui transmettre un message.

« Maman a dit qu'elle ne rentrerait pas ce soir. Elle reviendra demain matin un instant pour se changer avant d'aller au magasin. Ce soir vous devez travailler tout seul. Vous avez vos devoirs de vacances à finir. »

Autant qu'il pouvait se le rappeler, sa mère n'avait jamais passé la nuit hors de chez elle. Pour lui, l'événement n'avait pas en soi d'importance mais il devint tout rouge de malaise et de rage. Il s'était réjoui de voir encore par le trou dans la commode on ne sait quelles révélations, quels miracles. Il n'avait pas du tout sommeil, après le somme qu'il avait fait l'après-midi.

La table était couverte de devoirs qu'il devait terminer avant que ne commençât le nouveau semestre ; il n'avait plus que quelques jours. Mais Ryûji allait partir le lendemain et alors sa mère l'aiderait de nouveau. A moins que, trop occupée, elle ne jette qu'un coup d'œil hâtif sur les devoirs de son fils. Toutefois ce n'est que pour le japonais, l'anglais et le dessin qu'elle pouvait l'aider. Elle ne lui était jamais d'aucun secours pour les sciences sociales et il en savait plus qu'elle en mathématiques et en sciences. Comment une personne aussi faible qu'elle en mathématiques pouvait-elle diriger une affaire ? Elle était probablement toujours à la merci de M. Shibuya.

Noboru ouvrit un manuel et parcourut quelques pages mais son esprit ne pouvait se fixer sur rien. Il était trop tourmenté par le fait que sa mère et Ryûji ne seraient certainement pas à la maison cette nuit. Il se leva, s'assit et finit par arpenter sa petite chambre. Que pouvait-il faire pour dormir ? Aller dans la chambre de sa mère et regarder les lumières allumées au haut des mâts des navires dans le port ? Les lampes rouges de quelques bateaux clignotaient toute la nuit ; ou bien, comme la nuit précédente, il y avait peut-être un cargo qui partait et actionnait sa sirène. Il entendit alors qu'on ouvrait la porte de la chambre voisine. Peut-être que sa mère l'avait trompé et était rentrée avec Ryûji. Comme d'habitude il se précipita vers la commode dont il retira un tiroir sans faire de bruit et il le posa par terre. Cela avait suffi pour le faire ruisseler de sueur.

Cette fois c'est à sa porte qu'il entendit frapper. De toute manière il ne pouvait laisser voir à cette heure de la nuit le tiroir au milieu de la pièce. Il alla à la porte et s'y appuya de toutes ses forces : le bouton de porte fut secoué rudement deux ou trois fois.

« Qu'est-ce qui se passe ? Je ne peux pas entrer ? »

C'était la voix de la gouvernante.

« Que se passe-t-il ? Cela va bien ? Eteignez la lumière et couchez-vous ; il va être onze heures. »

Noboru était toujours appuyé contre la porte, gardant un silence obstiné, lorsqu'il se produisit une chose inattendue. Une clef était introduite dans le trou de la serrure et tourna vigoureusement. La porte fut fermée à clef. Noboru n'avait jamais pensé que la gouvernante pût avoir une clef de sa chambre. Il supposait que sa mère emportait toutes les clefs quand elle sortait.

Furieux et le front ruisselant de sueur, Noboru rassembla toutes ses forces et tourna le bouton de la porte mais celle-ci ne s'ouvrit pas. Le bruit des marches que faisaient craquer les pantoufles de la gouvernante en descendant l'escalier s'éteignit peu à peu.

Noboru avait espéré pouvoir profiter de cette chance unique entre mille pour sortir en cachette et aller murmurer un mot de passe à la fenêtre du chef pour le réveiller. L'espoir était perdu. Il détesta tout le genre humain. Puis il écrivit longuement son journal. Il y mentionna ses accusations contre les crimes de Ryûji.

Charges relevées contre Tsukazaki Ryûji :

1° M'avoir souri d'une manière servile quand il m'a rencontré cet après-midi.

2° Avoir porté une chemise trempée et expliqué qu'il s'était douché à la fontaine d'eau potable du parc, juste comme un clochard.

3° Avoir décidé arbitrairement de passer la nuit avec ma mère hors d'ici, me plaçant ainsi dans un isolement terrible.

Mais après avoir réfléchi, Noboru effaça le troisième paragraphe. Il était évidemment en contradiction avec les deux premiers qui avaient un caractère esthétique, idéaliste et qui étaient en conséquence des jugements objectifs. Le problème contenu dans le troisième paragraphe était la preuve de son manque de maturité et ne pouvait constituer une charge à l'endroit de Ryûji.

Noboru pressa une montagne de pâte dentifrice sur sa brosse à dents et se frotta l'intérieur de sa bouche jusqu'à faire saigner ses gencives. Se regardant dans le miroir, il guetta dans la mousse d'un vert pâle qui inondait ses dents irrégulières l'apparition de ses canines enfantines et pointues. Il était désespéré. Le parfum de menthe purifiait sa rage.

Se débarrassant de sa chemise, Noboru se mit en pyjama et regarda autour de lui. Le tiroir, pièce à conviction, était toujours par terre. Il le souleva, surpris par son poids qu'il n'avait pas soupçonné auparavant ; il allait le remettre en place quand il se ravisa et le reposa à terre. Il se glissa dans l'ouverture avec l'aisance que l'habitude avait donnée à son corps.

Dans un moment de terreur Noboru crut que le trou avait été bouché mais, en tâtonnant, il constata sous ses doigts qu'il existait toujours. C'est que, tout simplement, il n'y avait pas assez de lumière de l'autre côté pour révéler le trou au premier coup d'œil.

Noboru appliqua tout de suite son œil au trou. Il comprit que lorsque la porte avait été ouverte, c'était la gouvernante qui était entrée pour fermer tous les rideaux. Il concentra longuement ses pupilles et aperçut la lueur vague des lits de cuivre commandés à La Nouvelle-Orléans. Elle était à peine perceptible.

L'ensemble de la chambre était noir comme l'intérieur d'un cercueil. La pièce était pleine des restes de la chaleur fiévreuse de l'après-midi qui s'y était accumulée... L'obscurité plus ou moins profonde selon les coins contenait des particules de la chose la plus sombre au monde et que Noboru n'avait pas encore vues.

CHAPITRE VIII

Ils passèrent la nuit dans un vieux petit hôtel du quartier des docks. Fusako avait eu peur d'être reconnue dans l'un des grands hôtels de Yokohama. Elle était passée devant cet immeuble grisâtre à deux étages un nombre de fois incalculable, mais quand elle jetait un coup d'œil à travers la porte d'entrée sur le hall obscur semblable à un bureau de mairie et sur le mur détérioré duquel était collé le calendrier de la navigation, elle n'avait jamais imaginé qu'elle descendrait là un jour.

Ils dormirent quelques heures dans la dernière partie de la nuit puis se quittèrent à l'heure des départs des bateaux. Fusako retourna chez elle pour changer de costume avant de se rendre à son travail, Ryûji s'en alla à la jetée. Il devait relever le premier officier qui descendait à terre pour y faire des achats. Il serait occupé à surveiller le chargement avant le départ. Il était responsable du maintien en bon état des câbles, si important dans les opérations de chargement.

Le départ du *Rakuyo* était fixé à dix-huit heures. Grâce à quatre journées sans pluie, le chargement avait pu s'exécuter comme prévu. Le cargo avait pour destination Santos, au Brésil ; sa route sinueuse était soumise aux ordres des chargements à embarquer çà et là.

Fusako quitta son magasin de bonne heure. A l'intention de Ryûji qui ne reverrait pas de Japonaise en costume de longtemps, elle revêtit un *yukata*[1] de crêpe de Chine, elle prit une ombrelle au manche en argent et quitta la maison en emmenant Noboru en voiture. La circulation était fluide et ils arrivèrent peu après seize heures et quart. Le mât de charge avant du *Rakuyo* oscillait encore entre les écoutilles et le quai. Fusako décida de rester dans la voiture à air conditionné jusqu'à ce que Ryûji vînt à leur rencontre.

Mais Noboru ne pouvait pas rester tranquillement assis. Il bondit hors de la voiture et arpenta la jetée Takashima pleine de mouvement, ne laissant inexplorés que les péniches amarrées et le fond des hangars.

A l'intérieur des hangars s'élevaient, presque jusqu'à l'enchevêtrement des poutres vert sale du plafond, des empilements de caisses neuves blanches aux coins garnis d'agrafes métalliques noires et dont les faces portaient des inscriptions en anglais. Noboru regardait une voie de garage qui disparaissait dans l'amoncellement des marchandises, comme en remontant patiemment le courant d'une rivière on arrive à sa source ou comme les enfants voient dans leurs rêves un chemin de fer aboutir à son terminus ; il se réjouissait d'arriver à la fin d'un de ses rêves et en même temps il ressentait une légère déception.

« Maman ! Maman ! » Se précipitant vers la voiture il tambourina à la vitre : il avait aperçu Ryûji debout près du cabestan de proue du *Rakuyo*.

Fusako prit son ombrelle et descendit de voiture.

1. Yukata : vêtement léger pour l'été. (*N.d.T.*)

90

Elle vint se mettre à côté de Noboru et tous deux agitèrent les bras dans la direction de la lointaine silhouette de Ryûji. Celui-ci en chemise kaki sale, la casquette de marin sur la tête, leva la main pour leur répondre puis disparut rapidement, l'air affairé. Noboru pensait que le marin travaillait, qu'il allait bientôt partir et il débordait d'orgueil sans rien dire.

Fusako ne pouvait qu'attendre la réapparition de Ryûji. Ouvrant son ombrelle, elle regardait le *Rakuyo* balancer trois aussières qui balafraient la perspective du port. Sous le soleil d'ouest qui dardait ses flammes dans les moindres coins d'un paysage d'une éblouissante clarté régnait un air qui dévorait tout comme le sel dont était chargée la brise de mer. De temps à autre le bruit de plaques de tôles entrechoquées qui répondait sourdement aux crissements des câbles d'acier accroissait la sensation pénible éprouvée dans cette atmosphère éblouissante. La surface en béton de la jetée emmagasinait toute la chaleur et la réverbérait ; le peu de brise de la mer ne servait à rien.

La mère et le fils s'étaient accroupis au bord du quai, le dos à l'ardent soleil d'ouest, et regardaient les petites vagues qui venaient se briser en écume contre le mur du quai bigarré de blanc. Plusieurs péniches s'approchèrent lentement puis s'éloignèrent. Une mouette volait, frisant l'eau qui lavait les ponts. Une pièce de bois luisait parmi d'autres épaves flottant sur l'eau sale et se déplaçant au gré des ondulations du flot. Les vagues s'avançaient doucement, le flanc de l'une reflétant la lumière du soleil venait se confondre avec le flanc indigo de celle qui la précédait ; il semblait que ce dessin indéfiniment répété fût tout ce qu'ils pouvaient voir de l'eau.

Noboru lut les chiffres peints en blanc à la proue du

Rakuyo pour montrer le tirant d'eau. 60 était juste au-dessus de l'eau. 84 et 86 encadraient la ligne de flottaison, 90 était presque à la hauteur de l'écubier ce qui fit pousser un cri à Noboru.

« Est-ce que l'eau peut monter aussi haut que cela ? Si cela arrivait ce serait terrible, n'est-ce pas ? »

Noboru devinait les sentiments qui agitaient sa mère ; elle lui rappelait la silhouette nue et solitaire qui, en face de son miroir, contemplait la mer. Il avait posé sa question de la manière la plus enfantine mais Fusako ne répondit pas. Au-delà du port, des fumées d'un gris léger planaient sur le quartier Naka. La Tour de la Marine aux rayures blanches et rouges se dressait dans le ciel ; au large une forêt dense de mâts était massée et, plus loin, des nuages éclairés par le soleil couchant s'étageaient et s'entremêlaient.

On vit alors un remorqueur, tirant un chaland dont le déchargement était fini, quitter le bord opposé du *Rakuyo* et s'éloigner en soufflant lourdement la vapeur de sa machine.

Les chaînes couleur argent qui retenaient l'échelle avaient déjà été attachées et une foule de dockers coiffés de leur casque jaune descendirent pour monter dans les autobus qui portaient le nom de la société chargée des travaux dans le port et qui s'éloignèrent. La grue roulante de huit tonnes du port était déjà partie. Les opérations du chargement étaient termi-nées. C'est alors que Ryûji apparut. Les ombres allon-gées de Fusako et de Noboru coururent à sa rencontre. Ryûji enfonça de sa paume le chapeau de paille de Noboru et rit de ses efforts pour relever les bords qui cachaient ses yeux. Le travail l'avait mis d'humeur joyeuse.

« L'heure de la séparation arrive. Quand le bateau

partira, je serai à l'arrière, dit-il en indiquant du doigt la poupe au loin.

— Je suis venue en kimono, vous voyez ! Vous ne verrez plus de kimono d'ici quelque temps.

— Sans doute, à l'exception de quelques vieilles dames japonaises faisant partie de voyages organisés américains. »

Chose surprenante ils ne trouvaient rien à se dire ni l'un ni l'autre. Fusako aurait voulu parler de sa vie désormais solitaire, mais elle y renonça. De même que la pulpe blanche d'une pomme change immédiatement de couleur quand on y mord, la séparation avait commencé trois jours auparavant lorsqu'ils s'étaient rencontrés à bord du *Rakuyo*. Se dire adieu maintenant n'apportait aucune émotion nouvelle.

Quant à Noboru, il affectait un air d'enfant mais observait la perfection des deux personnes en présence et de la situation. Observer était son rôle. Tant mieux si le temps qui leur était donné était court. Plus brève serait la rencontre, et moins cette perfection risquerait d'être troublée. Pour le moment, pour un homme quittant une femme avant un voyage autour du monde, pour un marin, pour un officier en second, Ryûji était parfait. Pour une femme laissée en arrière, telle une voile gonflée d'heureux souvenirs et du chagrin de la séparation, elle était parfaite elle aussi. Tous deux avaient commis de dangereuses erreurs ces deux derniers jours mais en ce moment leur comportement était irréprochable. Noboru n'avait qu'une peur, c'était d'entendre Ryûji dire des choses ridicules avant de partir. Sous les larges bords de son chapeau de paille il observait anxieusement les deux visages l'un après l'autre.

Ryûji voulait donner un baiser à Fusako mais la

présence de Noboru l'intimidait. En outre, comme un homme qui sait qu'il va mourir, il désirait se montrer également tendre pour tous. Actuellement, les souvenirs et les sentiments des autres lui paraissaient plus importants que les siens. Cependant, sous son abnégation se cachait le désir de s'en aller le plus tôt possible.

Fusako ne pouvait encore se permettre d'imaginer l'attente anxieuse, épuisante, qui allait commencer. Elle dévorait l'homme des yeux comme pour s'assurer qu'il était là tout entier. L'homme avait des contours dont rien ne sortait. Devant une immuabilité si obstinée, Fusako s'irritait. Comme elle eût souhaité que ses contours fussent moins précis, tels ceux d'une brume ! Il lui serait difficile d'effacer le souvenir de sa malheureuse incapacité de modifier cette substance immuable, de ses sourcils trop nets, de ses épaules trop solides.

« Envoyez des lettres ! Collez-y des timbres intéressants ! dit Noboru avec une maîtrise parfaite de son rôle.

— Sûrement ! J'enverrai quelque chose de chaque port. Et vous m'écrirez aussi. Rien ne réjouit plus un marin que les lettres qu'il reçoit. »

Il expliqua qu'il devait s'en aller pour veiller aux derniers préparatifs avant le départ du bateau. Ils se serrèrent les mains à tour de rôle. Ryûji monta l'échelle aux chaînes couleur argent, tourna une fois en haut et agita sa casquette.

Le soleil s'inclinant graduellement sur les toits des hangars embrasait le ciel de l'ouest et dessinait sur le fond d'une blancheur éblouissante du pont les ombres des filins montant de la poupe à la hune et des ventilateurs à pied.

Noboru regardait les mouettes tourbillonner au-dessus de sa tête ; les ailes étaient sombres mais leur ventre apparaissait d'un jaune d'œuf quand il se présentait à la lumière.

Les camions avaient quitté les abords du *Rakuyo* dont le pont était vide et calme, inondé de lumière. Toutefois on apercevait de petites silhouettes : un marin astiquant une rampe, un autre, dont un œil était masqué par un pansement et qui portait à la main un pot de peinture, peignait ce qui devait être un encadrement de fenêtre. Noboru n'avait pas remarqué les pavillons de navigation bleu, blanc, rouge qu'on avait hissés ainsi que le pavillon de partance.

Fusako et Noboru s'avancèrent lentement du côté de la poupe. Les rideaux de fer ondulés de tous les hangars du quai, d'un vert-bleu, étaient abaissées et on lisait inscrits à la chaux sur les murs tristes : Singapour, Hong-kong, Lagos. Des pneus, des caisses de rebut, une série de diables alignés avec soin projetaient leurs ombres allongées.

A la poupe au-dessus d'eux, il n'y avait encore personne. On entendait le bruit d'une pompe d'épuisement. Sur les flancs du navire des inscriptions mettaient en garde contre le danger des hélices. Le drapeau japonais flottait à l'ombre de la grue de l'ancre. La sirène fit entendre son premier coup strident à dix-sept heures quarante-cinq. En l'entendant, Noboru sut que le fantôme qu'il avait vu l'avant-dernière nuit était réel ; il comprit qu'il était présent au lieu où tous les rêves commencent et finissent. Il aperçut alors Ryûji debout près du drapeau japonais.

« Il pourrait t'entendre si tu criais assez fort », dit Fusako. L'appel de Noboru partit au moment où la sirène se taisait. Il eut horreur du perçant de sa voix. Ryûji baissa la tête dans leur direction et agita légèrement la main. Ils étaient trop loin pour voir l'expression de son visage. Puis, tournant brusquement les épaules comme il l'avait fait l'avant-veille vers le sifflement de la sirène qui avait surgi au clair de lune, il retourna à ses occupations et ne jeta plus les yeux de leur côté.

Fusako regarda vers la proue : l'échelle avait été enlevée ; tout était coupé entre le bateau et la terre. Le flanc du *Rakuyo* peint en vert et crème était pareil au tranchant d'une hache colossale tombée du ciel pour séparer en deux le bateau et la rive.

Les cheminées commencèrent à cracher une fumée épaisse qui s'élevait en gros nuages barbouillant le zénith pâle. Des ordres donnés par haut-parleur volèrent à travers le pont.

« Poste avant. Attention ! Préparez-vous à lever l'ancre. »

« Halez dur sur l'ancre ! »

La sirène donna un coup bref.

« Poste avant : vous pouvez laisser courir.

— Compris.

— Relevez l'ancre.

— Compris.

— Laissez courir, ligne de tête, ligne de terre ! »

Fusako et Noboru regardaient le *Rakuyo* s'éloigner du quai lorsque le remorqueur le hala par la poupe. L'espace entre le quai et le bateau plein d'une eau scintillante s'ouvrit en éventail et leurs yeux suivaient encore l'éclat des galons d'or de la casquette de Ryûji que le bateau avait pivoté de 90 degrés et se présentait perpendiculairement à la jetée. L'angle sous lequel on le voyait se modifiant d'un instant à l'autre, le bateau paraissait un fantôme qui se déformait graduellement. A mesure que le remorqueur entraînait de plus en plus loin le *Rakuyo* dont la longueur occupait pourtant toute la jetée, le bateau avait l'air d'un paravent qui se referme ; toutes les superstructures sur le pont se recouvraient en piles compactes ; en outre les rayons du soleil couchant gravèrent avec précision dans le ciel ses moindres contours. Il apparut comme s'élevant au-dessus des flots comme, au Moyen Age, s'élevaient les étages superposés des châteaux forts. Mais l'effet ne dura pas. Le remorqueur commença un cercle en marche arrière pour tourner la proue face à la pleine mer. Les aspects confus du bateau se désagrégèrent et le *Rakuyo* réapparut sous sa véritable forme, par parties successives jusqu'à la poupe, et la silhouette de Ryûji, perdue de vue, se dessina dans une petite figure, pas plus grosse qu'une allumette ; il apparut dans la lueur du soleil couchant, à côté du drapeau japonais.

« Remorqueur, laissez courir ! »

La voix du haut-parleur, portée par le vent, leur parvint, claire. Le remorqueur s'éloigna.

Le bateau arrêté donna trois coups de sirène. Ryûji à bord, Fusako et Noboru sur la jetée, furent englués dans un moment désagréable de calme et de silence. La sirène du *Rakuyo* retentit pour un dernier adieu secouant le port tout entier, se répercutant dans toutes les fenêtres de la ville, assaillant les cuisines où l'on préparait le dîner, les chambres d'hôtel borgnes dont les draps n'étaient jamais changés, les pupitres attendant le retour des enfants à la maison, les courts de tennis et les cimetières, plongeant tout dans un moment de malaise, déchirant sans pitié le cœur de ceux qui n'en pouvaient mais.

Laissant derrière lui une fumée blanche, le *Rakuyo* se dirigea droit vers le large. La silhouette de Ryûji fut perdue de vue.

DEUXIÈME PARTIE

L'hiver

CHAPITRE I

Le 30 décembre, à neuf heures du matin, Ryûji sortit du hangar de la douane de la jetée centrale du Nouveau Port. Fusako y était venue à sa rencontre. Cette jetée était une curieuse miniature de ville. Les rues étaient vides et trop nettes ; les rangées de platanes qui les bordaient étaient dépouillés. Sur une voie de garage, entre des entrepôts vétustes en brique et un bureau de navigation pseudo-Renaissance, une vieille machine à vapeur crachait un nuage de fumée noire. Le petit passage à niveau ne paraissait pas véritable et semblait faire partie d'un jeu de chemin de fer pour enfants.

La mer était la cause de l'impression d'irréalité que donnait l'endroit car ce n'était que pour la navigation que les rues, les maisons, les briques elles-mêmes se trouvaient là. Elle avait tout simplifié, réduit ; la jetée à son tour avait perdu son caractère de réalité et paraissait appartenir au domaine des rêves. La pluie tombait à flots. La claire peinture rouge des briques des vieux hangars coulait et formait des mares. Les nombreux mâts qui surmontaient les toits dégouttaient d'eau.

Ne voulant pas attirer l'attention, Fusako attendait

sur le siège arrière de la voiture. A travers la vitre zébrée de pluie, elle guettait les membres de l'équipage sortant les uns après les autres du mauvais hangar en bois de la douane. Ryûji s'arrêta un instant à la porte pour relever le col de sa vareuse bleue et enfonça sa casquette sur les yeux, puis se lança dehors, le dos courbé, une vieille valise à la main. Fusako envoya le vieux chauffeur, dont elle connaissait le bon caractère, courir après lui et l'appela. Il se jeta dans la voiture comme un volumineux bagage mouillé qu'on y aurait lancé.

« Je savais que vous viendriez ! Je le savais ! », dit-il en reprenant son souffle et en entourant les épaules du manteau de vison de Fusako. Ses joues étaient zébrées par la pluie, à moins que ce fût par les pleurs ; elles étaient plus brûlées du soleil qu'auparavant. Au contraire, sous l'émotion, le sang s'était retiré du visage de Fusako ; elle était devenue aussi pâle que la vitre de la sombre voiture. Tous deux pleurèrent en se donnant un baiser. Ryûji glissa sa main sous le manteau de Fusako et palpa son corps d'un geste hâtif comme s'il avait voulu s'assurer qu'un être qu'il venait de sauver de l'eau vivait encore ; il entoura de son bras le corps souple pour rappeler à son esprit tous les détails de ce corps.

La voiture n'était qu'à six ou sept minutes de la maison de Fusako. Ils purent enfin bavarder normalement en traversant le pont de Yamashita.

« Merci pour toutes les lettres, j'ai relu chacune d'elles cent fois.

— Moi, de même pour les vôtres. Vous pourrez rester avec nous au moins jusqu'au jour de l'an, n'est-ce pas ?

— Merci... Comment va Noboru ?

— Il aurait voulu venir à votre rencontre à la jetée mais il a attrapé un rhume et a dû rester au lit. Ce n'est rien de sérieux, presque pas de fièvre ! »

La conversation était ordinaire, des remarques que deux terriens auraient pu échanger, et elle fut aisée. Pendant qu'ils étaient loin l'un de l'autre chacun d'eux s'était imaginé que leur conversation serait difficile quand ils se reverraient ; renouer entre eux le lien qui les avait unis au cours de l'été leur semblait impossible. Leur union naturelle qui avait forgé un anneau trop parfait était finie. Ils pensaient qu'ils avaient sauté hors de cet anneau et qu'ils n'y rentreraient pas une deuxième fois. Les choses prendraient-elles un autre cours parce qu'un bras se glissait dans la manche d'un manteau qui avait été accroché dans la chambre depuis quatre mois ? Mais les larmes de joie avaient chassé toute anxiété et les avaient soulevés à une hauteur où rien n'était impossible. Ryûji était comme paralysé ; la vue des endroits familiers, des endroits qu'ils avaient visités ensemble ne réussissait pas à l'émouvoir. Il ne pouvait que constater l'évidence du parc de Yamashita qu'il voyait à droite et à gauche par les vitres de la voiture ou de la Tour de la Marine, qui lui apparaissaient tels qu'ils s'étaient tant de fois présentés à sa mémoire. La pluie qui tombait en gouttes fines comme de la fumée adoucissait les contours des choses et les rendait plus proches de l'image qu'il en avait conservée, ce qui en accroissait la réalité. Pendant quelque temps après avoir débarqué, Ryûji s'attendait à sentir la terre vaciller sous ses pieds, pourtant aujourd'hui plus que jamais il se sentait dans un monde stable et aimable exactement à sa place comme s'emboîte une pièce dans un jeu de découpage.

Ils tournèrent à droite après avoir passé le pont,

continuèrent quelque temps le long du canal qui était enterré sous les bâches goudronnées des péniches et commencèrent à monter la colline quand ils eurent dépassé le consulat français. Haut dans le ciel des nuages échevelés se disloquaient, la pluie commençait à se calmer. Ils étaient arrivés au sommet de la colline ; ils passèrent devant l'entrée du parc. L'auto tourna à gauche dans une ruelle et s'arrêta devant le portail de la maison Kuroda. Du portail à l'entrée de la maison il n'y avait que quelques pas mais les dalles ruisselaient. Le vieux chauffeur abrita Fusako sous un parapluie pour la conduire à la porte et sonna.

Lorsque la gouvernante apparut, Fusako lui dit de donner de la lumière dans le vestibule noir. Ryûji franchit le seuil et s'avança dans une demi-obscurité. Dans le court moment qu'il lui fallut pour entrer, Ryûji fut assailli par un léger doute. L'anneau brillant dans lequel ils étaient rentrés ensemble devait être exactement tel qu'ils l'avaient laissé. La différence était insignifiante à un point inexprimable, mais il y avait cependant quelque chose de changé. Fusako avait toujours soigneusement évité de faire allusion à l'avenir aussi bien au moment de la séparation à la fin de l'été que dans l'une des nombreuses lettres qu'elle lui avait écrites, cependant en s'embrassant quelques minutes auparavant, il était devenu clair que tous deux avaient souhaité ardemment leur retour dans cette maison. Mais Ryûji était trop impatient pour se permettre de s'arrêter à cette différence insignifiante. Il ne remarqua même pas qu'il entrait dans une maison toute différente.

« Une pluie torrentielle, dit Fusako, pourtant elle a l'air de cesser. » A ce moment le vestibule s'éclaira et les dalles de marbre importé qui ornaient le sol de l'étroit vestibule se reflétèrent dans le miroir en faux Venise.

Dans la cheminée du salon flambait un feu de bois. Sur le manteau, préparé pour le Jour de l'An, était un petit plateau avec les ornements traditionnels : gleichénies, daphniphylles, sargasses, algues kombu : rien ne manquait ; les petits mochi [1] ronds étaient décorés. La gouvernante apporta du thé et adressa d'aimables paroles de bienvenue : « Je suis heureuse de vous voir de retour. Tout le monde vous attendait avec impatience. »

Les seuls changements dans le salon étaient quelques nouveaux échantillons de broderie de Fusako et un petit trophée de tennis exposé dans un coin. Elle guida Ryûji autour de la pièce, expliqua chaque nouveauté à mesure qu'il passait devant. Depuis que Ryûji était parti, son zèle pour le tennis et la broderie s'était accru. Elle jouait au club de tennis proche du temple Myôkoji à chaque week-end et s'envolait même du magasin certains après-midi ; elle avait passé toutes ses soirées seule devant son métier, brodant un morceau de soie. Nombre de ses modèles récents avaient des rapports avec les bateaux. Un nouveau coussin, terminé cet automne, avait pour sujet des vaisseaux noirs comme ceux des paravents représentant des navires étrangers de jadis ou des roues de bateaux antiques. Le trophée avait été gagné au club en doubledales au dernier championnat de fin d'année. Pour

1. Mochi : gâteau de riz cuit et broyé. (*N.d.T.*)

Ryûji tous ces objets étaient une preuve de la chasteté observée par Fusako pendant son absence.

« Eh bien non, il ne s'est passé rien d'extraordinaire, dit Fusako. Rien pendant votre absence. »

Elle avoua que, malgré son intention contraire, elle n'avait pu s'empêcher de commencer à l'attendre dès qu'il l'eut quittée. Voulant l'oublier, elle s'était jetée à corps perdu dans ses occupations, recevant la clientèle. Lorsque le dernier client était parti, que le magasin était silencieux, elle écoutait la fontaine murmurer dans le patio. Après avoir prêté l'oreille, elle était effrayée. Elle comprit alors qu'elle attendait... Plus qu'auparavant, Fusako pouvait parler couramment et sans aucune feinte. Les lettres audacieuses qu'elle lui avait si fréquemment adressées lui avaient donné une nouvelle liberté imprévue. Ryûji était, lui aussi, plus bavard, plus gai. Ce changement avait commencé à la première lettre reçue de Fusako, à Honolulu. Il était devenu notoirement plus sociable ; il prenait une part plus active aux bavardages du carré des officiers. Peu après, ses camarades connaissaient en détail son aventure amoureuse.

« Voudriez-vous monter pour dire bonjour à Noboru ? Il était tellement excité à la pensée de vous revoir. Je pense qu'il a eu de la peine à s'endormir. »

Ryûji se leva. Il n'était pas douteux qu'il était l'homme qu'ils avaient attendu, l'homme qu'ils aimaient.

Il sortit de sa valise un cadeau pour Noboru et suivit Fusako qui montait le même escalier sombre qu'il avait pris en tremblant, sur la pointe des pieds, cette nuit d'été. Cette fois, ses pas étaient assurés comme celui d'un homme qui a été accepté.

Noboru entendit le bruit des pas qui montaient. Il

était tendu par l'attente, raidi, dans son lit. Mais pourquoi le bruit des pas qui lui arrivait n'était-il pas celui qu'il attendait ?

On frappa à la porte qui fut ouverte toute grande. Noboru aperçut un petit crocodile brun rouge. La bête flottait à l'ouverture de la porte dans les rayons de lumière dont le ciel devenu clair inondait la chambre ; pendant un instant, avec ses yeux de verre scintillants, sa gueule grande ouverte, ses pattes raides qui nageaient dans l'air, elle semblait vivante.

Quelqu'un prendrait-il un être vivant pour en faire un écusson ? pensait Noboru, le cerveau confus en proie à une légère fièvre. Un jour, Ryûji lui avait parlé de la mer de Corail : à l'intérieur d'un atoll l'eau était aussi calme que la surface d'un étang mais, du large, d'énormes vagues venaient se fracasser sur les récifs extérieurs et les crêtes de l'écume blanche ressemblaient à des fantômes lointains. Noboru pensa : « Mon mal de tête qui n'est pas moindre que celui d'hier est comme la crête blanche des vagues qui s'élèvent au large. » Et le crocodile était l'écusson imaginé par son mal de tête. A la vérité, la maladie avait donné au visage du jeune garçon certaine gravité.

« Eh bien, c'est le cadeau que je t'ai apporté », dit Ryûji qui s'était tenu dans l'ombre de la porte en tenant le crocodile à bout de bras. Il entra dans la chambre. Il portait un sweater gris à haut col ; son visage était bronzé à fond.

Noboru avait décidé de ne pas l'accueillir avec un sourire aimable ; s'abritant derrière la maladie il réussit à garder une figure morose.

« C'est bizarre ! Il se réjouissait tellement. Il a peut-être de la fièvre de nouveau », ajouta inutilement

Fusako. Jamais sa mère ne s'était montrée d'une bassesse aussi méprisable, pensa Noboru.

« Cet animal-là a son histoire, tu sais, dit Ryûji sans prêter attention à ce qui se passait et en plaçant la bête au chevet de Noboru. Ce crocodile a été empaillé par les Indiens, au Brésil. Et je dis de vrais Indiens. Au moment d'une fête ils se placent sur la tête un crocodile tel que celui-ci, ou un oiseau d'eau empaillé, devant les fleurs qu'ils piquent dans leurs cheveux et ils s'attachent trois petits miroirs ronds sur le front. Quand les miroirs réfléchissent les feux allumés, on croirait voir des diables à trois yeux. Ils portent des colliers de dents de léopard autour du cou et des pagnes en peau de léopard. Ils ont des carquois dans leur dos et des arcs superbes, ainsi que des flèches de différentes couleurs. Voilà l'histoire de ce crocodile. Il fait partie du costume de fête des Indiens.

— Merci. »

Noboru ne dit que ce seul mot de remerciement. Il caressa les modestes bosses du dos du petit crocodile et ses pattes flétries, remarqua la poussière qui s'était accumulée au bord des yeux rouges de verre, alors que la bête était posée sur une planche d'un magasin dans une ville de province du Brésil, puis il rumina ce qu'avait dit Ryûji. La fièvre avait fripé et trempé ses draps, et sa chambre était trop chaude. Ses lèvres desséchées pelaient et semaient des lambeaux sur l'oreiller.

Il se demandait si ses lèvres n'apparaîtraient pas trop rouges. En même temps son regard se porta involontairement vers le tiroir où se trouvait le trou. Après avoir regardé il était anxieux. Qu'arriverait-il si les grandes personnes présentes avaient suivi ses yeux et jeté des regards soupçonneux de ce côté ? Mais non : tout allait bien. Ils avaient l'esprit moins vif qu'il n'avait cru. Ils s'agitaient dans un amour insensible à ce qui n'était pas eux. Noboru regardait fixement Ryûji. Son visage, brûlé par le soleil, paraissait plus mâle qu'auparavant. L'épaisseur de ses sourcils, la blancheur de ses dents frappaient davantage. Noboru avait la sensation qu'il faisait des efforts, même dans cette première conversation, pour satisfaire ses rêveries et que les nombreuses lettres qu'il avait reçues de lui dénotaient un manque de naturel fleurant la flatterie. Il y avait dans le Ryûji qu'il revoyait une sorte de contrefaçon du vrai Ryûji. Quand il fut à bout de patience, Noboru dit :

« Hum... cela sent un peu l'invention ? »

Mais Ryûji se méprit avec amabilité.

« Oh ! Ne plaisante pas ! C'est parce qu'il est trop petit ? Les crocodiles sont petits quand ils sont jeunes. Va voir au jardin zoologique.

— Noboru, ne dis pas de choses impolies ! Au lieu de cela tu ferais mieux de montrer ton album de timbres. »

Avant que Noboru ne lève la main, sa mère avait saisi sur le bureau l'album où il avait soigneusement rangé les timbres des lettres envoyées de tous les pays par Ryûji, et elle le montra à ce dernier.

Elle était assise face à la fenêtre et tournait les pages pendant que Ryûji, un bras passé sur le dos de la chaise, regardait par-dessus son épaule. Noboru nota que tous deux avaient de jolis profils. La lumière légère d'hiver éclairait agréablement la courbe de leur nez. Ils paraissaient avoir complètement oublié la présence de Noboru.

« Cette fois, quand repartez-vous ? » demanda brusquement Noboru.

Fusako sursauta en se retournant vers lui. Noboru

s'aperçut que son visage avait pâli. C'était la question qui importait le plus à sa mère et celle qu'elle craignait le plus de poser.

Ryûji semblait s'être placé exprès près de la fenêtre, leur tournant le dos ; il ferma à moitié les yeux et répondit lentement :

« Je n'en sais encore rien. »

Cette réponse donna un choc à Noboru. Fusako garda le silence mais elle ressemblait à une bouteille pleine de sentiments mêlés bouillonnant contre le bouchon. On ne savait si son visage exprimait la peine ou la joie ; il était énigmatique. Noboru trouvait qu'elle ressemblait à une blanchisseuse.

Un moment passa puis Ryûji reprit calmement la parole. Son ton était sympathique, empreint de la compassion qu'un homme ressent quand il est certain de pouvoir agir sur la destinée de quelqu'un.

« De toute manière, le déchargement du bateau ne sera terminé qu'après le Jour de l'An. »

Aussitôt qu'ils furent partis, Noboru, empourpré par la colère et toussant violemment, tira de dessous son oreiller son journal sur lequel il écrivit ceci :

Charges contre Tsukazaki Ryûji

3° Lorsque je lui ai demandé quand il partirait, a répondu contre toute attente : « Je n'en sais encore rien. » Noburu posa son pinceau, réfléchit un moment pendant que sa colère montait, puis il ajouta :

4° être revenu ici.

Mais peu après, il eut honte de sa colère. Que faisait-il du précepte qui lui était enseigné : « Ne faire preuve d'aucun sentiment » ? Il se l'était pourtant inculqué impitoyablement. Il sonda son cœur avec soin pour s'assurer qu'il n'y restait aucune parcelle de rage puis il

110

relut ce qu'il avait écrit. Quand la lecture fut finie il était convaincu : il n'y avait rien à corriger.

A ce moment il entendit du bruit dans la chambre voisine. Apparemment sa mère était rentrée dans sa chambre à coucher. Ryûji paraissait être là aussi... La porte de sa propre chambre n'était pas fermée à clef. Le cœur de Noboru se mit à battre. Comment, se demanda-t-il, dans une chambre non fermée à clef à cette heure du matin et rapidement — ce qui était important — enlever le tiroir et se glisser à sa place sans donner l'éveil ?

CHAPITRE II

En cadeau, Fusako avait reçu un sac à main en armadillo [1]. C'était un objet étrange, avec une poignée rappelant un cou de rat, un fermoir grossier comme l'était la piqûre des bords mais Fusako était heureuse de l'emporter avec elle et de le montrer avec fierté au magasin sous l'œil désapprobateur de M. Shibuya le directeur. Ils passèrent la dernière journée de l'année chacun de son côté. Fusako était occupée au magasin Rex et Ryûji était de quart l'après-midi. Cette fois, il leur semblait naturel d'être séparés.

Il était plus de vingt-deux heures lorsque Fusako rentra du magasin. Ryûji avait aidé Noboru au nettoyage traditionnel de la veille du Jour de l'An et, avec le concours de la gouvernante, ils étaient arrivés à terminer la besogne plus tôt que les années précédentes. Ryûji avait donné de rapides directives comme pour un nettoyage à bord, et Noboru dont la fièvre était tombée depuis le matin avait obéi à ses ordres avec plaisir.

Ryûji avait remonté les manches de son sweater et s'était ceint le front d'une serviette. Noboru l'avait

1. *Sic.* Lapsus pour alligator ? (*N.d.T.*)

imité et ses joues avaient pris couleur. Lorsque Fusako rentra, tous deux avaient terminé le nettoyage à fond du premier étage et descendaient l'escalier tenant leurs balais et leurs seaux. Fusako les regarda à la fois effrayée et enchantée. Elle avait peur pour la santé de Noboru. « Cela va bien comme cela ! A travailler ainsi on transpire et on attrape un rhume. » Ainsi parla Ryûji d'un ton qui se voulait consolant mais qui était d'une rudesse que l'on n'avait pas entendue depuis longtemps dans la maison. C'étaient des « paroles d'homme » à donner l'impression que les vieux piliers et les murs de la pièce se contractaient sur eux-mêmes.

Lorsque toute la maison fut réunie pour entendre les cloches à minuit et manger le plat traditionnel de nouilles de sarrasin, la gouvernante raconta une histoire qui lui était arrivée et qu'elle répétait à chaque nouvelle année : « Autrefois, quand j'étais en service chez les Mac Gregor, de nombreux invités étaient rassemblés le dernier jour de l'année et, à minuit tapant, chacun embrassait son voisin quel qu'il fût. Une fois je me suis trouvée à côté d'un vieil Irlandais à grosses moustaches qui s'est mis à me sucer la joue avec ses lèvres mouillées ! »

Aussitôt au lit, Ryûji enlaça Fusako. Lorsqu'il perçut les premières lueurs de l'aube, il fit soudain une proposition enfantine. Pourquoi n'iraient-ils pas dans le parc voisin pour saluer le premier lever du soleil de l'année ? Fusako, enthousiaste, fut captivée par cette idée folle d'aller courir dehors sous le ciel froid.

Tous deux mirent en hâte les vêtements qu'ils trouvèrent. Fusako enfila un pantalon sur un maillot, un sweater de cachemire par-dessus lequel elle mit encore un splendide sweater de ski danois. Ryûji lui posa sur les épaules les manches d'un manteau court et tous deux descendirent à pas de loup, tournèrent la clef de la porte d'entrée et sortirent.

Ils se réjouirent du grand air de l'aube frappant leurs corps enfiévrés. Ils coururent dans le parc désert, rirent sans aucune contrainte et se pourchassèrent autour des sapins. Ils prenaient de profondes respirations, rivalisaient à qui exhalerait la vapeur la plus blanche dans l'air froid et sombre. Il leur semblait que des glaçons bloquaient leurs bouches repues des caresses amoureuses toute une nuit.

Il était largement six heures lorsqu'ils s'appuyèrent à la balustrade dominant le port. Vénus descendait au sud. Les lumières des buildings, celles du bord des toits des hangars, les lampes rouges des mâts au large brillaient encore et les éclats verts et rouges du phare balayaient l'obscurité du parc ; cependant on pouvait deviner les contours des maisons et, à l'est, le ciel se colorait d'un rouge violacé.

Faible, lointain, le premier chant du coq de l'année leur arriva par le vent froid du matin qui passait librement sur les branches des arbustes, un chant émouvant discontinu. « Que cette année nous soit bonne ! » dit Fusako tout haut dans une prière. Il faisait froid et quand elle approcha sa joue du visage de Ryûji, il lui baisa les lèvres si voisines des siennes en disant : « Ce sera une bonne année pour nous, c'est écrit. »

Graduellement une forme confuse apparut au bord de l'eau. C'était un building : Ryûji regarda fixement la lampe rouge placée au-dessus d'un escalier de secours et prit pleinement conscience de la vie à terre. Il aurait trente-quatre ans au mois de mai de cette année. Il était temps d'abandonner le rêve qu'il avait caressé si longtemps. Il devait comprendre qu'aucune gloire préparée spécialement pour lui ne l'attendait en ce monde. Les lampes des toits des hangars avec leur lueur bleuâtre pouvaient ne pas se réveiller aux premiers feux du matin encore indistincts mais Ryûji, lui, devait s'éveiller.

Quoique ce fût le Jour de l'An, le port vibrait d'un ronronnement incessant et assourdi. De temps en temps une péniche se détachait de la flotte amarrée sur le canal et partait aux battements répétés de son moteur. La surface de l'eau tranquille dans son opulence qui recevait la lumière tombant des nombreuses lampes des bateaux à l'ancre prit peu à peu une légère teinte pourpre. A six heures vingt-cinq, les lampes à mercure du parc s'éteignirent toutes à la fois.

« N'avez-vous pas froid ? demandait souvent Ryûji.

— Le froid gèle mes gencives, mais tout va bien. Le soleil ne tardera pas à paraître. »

Tout en répétant : « N'avez-vous pas froid ? », Ryûji ne cessait de s'interroger lui-même : « Vas-tu vraiment abandonner ? Le sentiment de l'océan, la sombre ivresse qu'entraîne le roulis incessant, le pathétique des adieux ? Les douces larmes que te faisait verser ta chanson favorite ! Vas-tu abandonner la situation qui t'a détaché du monde, qui t'a porté aux plus hauts sommets que peut atteindre l'homme que tu es ? La nostalgie de la mort qui se cache dans ta poitrine brûlante. La gloire qui est là-bas ; la mort qui est là-bas ? De toute manière cela a toujours été là-bas, incontestablement là-bas. Vas-tu abandonner tout cela ? »

Le cœur torturé par son combat incessant avec la houle sombre, avec la lumière sublime tombant du bord des nuages, arrêté dans ses élans mais repartant audacieusement, incapable de faire une distinction entre les sentiments nobles et les sentiments vils, il mettait sur le compte de la mer ses mérites et ses défauts. « Vas-tu abandonner cette liberté lumineuse ? »

Au cours de son voyage de retour, Ryûji avait découvert qu'il avait le dégoût des misères de la vie de marin, et de l'ennui qu'il ressentait. Il avait la conviction qu'il avait tâté de tout, et qu'il ne lui restait plus rien à goûter. Il n'y avait qu'à regarder. Il n'y avait plus de gloire à glaner nulle part au monde. Pas dans l'hémisphère Nord. Pas dans l'hémisphère Sud. Même pas sous cette étoile dont rêvent les marins, la Croix du Sud !

Maintenant ils pouvaient distinguer les trains de bois de flottage dans la complication des plans d'eau. Les chants des coqs se succédaient ; le ciel se couvrit d'une lueur modeste. Finalement les lumières des mâts s'éteignirent et les bateaux disparurent comme des fantômes dans le brouillard qui enveloppait le port. Puis, le ciel rougit légèrement et les nuages s'abaissèrent, couvrant la pleine mer ; à ce moment, les clairières du parc derrière eux devinrent toutes blanches. Les bords des rayons du phare tournant s'éteignirent, ne laissant d'autres traces que sur les points qui avaient été éclairés de vert et de rouge.

Il faisait très froid. S'appuyant à la balustrade, enlacés, ils tapèrent des pieds pour se réchauffer. Plus que sur leurs visages découverts, le froid d'hiver les avait saisis aux pieds et remontait dans tout leur corps.

« Cela ne va pas être long maintenant », dit Fusako au moment où les petits oiseaux se mirent à chanter. La touche de rouge à lèvres qu'elle s'était appliquée en hâte avant de partir ressortait vivement sur son visage que le froid avait pâli et échevelé et Ryûji l'admira.

Quelques instants plus tard, loin sur la droite des bois de flottage apparut lentement un cercle rouge sur le ciel grisâtre. Immédiatement le soleil devint un globe d'un rouge vif mais encore assez faible pour qu'ils pussent le regarder en face, comme une pleine lune rouge.

« Ce sera une bonne année pour nous. Il ne pourrait en être autrement pour nous deux qui sommes ici regardant ensemble le premier lever du soleil de l'année. Et puis, savez-vous que c'est la première fois de ma vie que je vois le soleil se lever au Jour de l'An ? » dit Fusako d'une voix déformée par le froid.

Comme s'il avait donné un ordre en luttant contre le vent du nord sur le pont en hiver Ryûji dit de sa voix la plus forte :

« Voulez-vous m'épouser ?

— Quoi ? »

Irrité d'avoir à se répéter, il ajouta des paroles dont il aurait pu se dispenser :

« Je vous demande si vous voulez m'épouser. Je ne suis peut-être qu'un marin stupide mais je n'ai jamais rien fait que je puisse me reprocher. Vous en rirez sans doute mais j'ai économisé près de deux millions de yens. Je vous montrerai mon carnet de chèques plus tard. C'est là toute ma fortune. Que vous m'épousiez ou non, je suis prêt à vous donner le tout. »

Sa proposition si simple toucha le cœur de cette femme plus raffinée qu'il n'aurait cru. Fusako pleura de trop de joie.

Le soleil dardait maintenant ses rayons, trop ardent pour les yeux anxieux de Ryûji. Le sifflement des sirènes se répercutait, les autos faisaient un vacarme assourdissant, le port s'éveillait dans un bruit incessant. L'horizon était caché par la brume. Les premiers

118

rayons du soleil se réfléchissant sur l'eau l'avaient couverte d'une buée rouge.

« Bien sûr que je le veux. Mais je crois qu'il y aurait d'abord des questions à régler. Il y a Noboru, par exemple, et puis mon travail au magasin. Puis-je poser juste une condition ? Si vous repartez bientôt, ainsi que vous l'avez dit, ce sera difficile pour moi...

— Je ne m'embarquerai pas tout de suite. Ou bien... » et Ryûji resta hésitant.

Il n'y avait pas une seule pièce japonaise dans la maison de Fusako ; elle vivait entièrement à l'européenne excepté au premier jour de l'année où elle était fidèle aux traditions en servant le petit déjeuner spécial au Jour de l'An dans la salle à manger européenne sur des plateaux laqués et échangeait des vœux tout en buvant le saké épicé.

Ryûji n'avait pas dormi un instant. Il se lava le visage avec l'eau « jeune », la première eau tirée de l'année, et entra dans la salle à manger. Il s'imagina qu'il n'était pas au Japon mais encore en Europe, au consulat japonais d'un port du Nord. Les officiers des navires de commerce qui se trouvaient dans un port étaient invités au banquet organisé au consulat pour fêter la nouvelle année. Dans une salle à manger occidentale, juste comme ici, les vases à réchauffer le saké, les coupes en bois, étaient alignés sur une étagère de laque en relief. Chaque invité s'en allait avec une boîte à étages contenant des hors-d'œuvre aux couleurs variées.

Noboru descendit, portant une nouvelle cravate, et les compliments de nouvelle année furent échangés.

Les années précédentes, c'était Noboru qui buvait le premier en exprimant ses souhaits, aussi avança-t-il la main vers la plus éloignée et la plus petite des coupes, mais sa mère arrêta son geste avec un air de reproche.

« Cela semble bizarre que M. Tsukazaki boive la plus petite coupe ! » dit Noboru en affectant un air d'enfant embarrassé, mais il ne perdit pas des yeux la coupe donnée à Ryûji ; elle paraissait plus petite dans les gros doigts rudes qui la portaient à ses lèvres. La coupe ornée d'une branche rouge de prunier fleuri disparaissait dans une main habituée à tirer sur les câbles et paraissait horriblement vulgaire.

Ryûji, ayant terminé de présenter ses souhaits, raconta, avant d'en être prié par Noboru, l'histoire d'une tempête aux Caraïbes. « Lorsque le tangage devient réellement mauvais, on peut à peine faire cuire le riz. Quand on y arrive malgré tout on le mange en faisant des boules. Naturellement on ne pouvait faire tenir les bols sur la table ; on range les tables du carré et on s'assoit par terre, jambes croisées, et on mord comme on peut dans les boules de riz. Mais cette tempête dans les Caraïbes a été vraiment terrible. Le *Rakuyo* est un bateau qui fut acheté à l'étranger, il a vingt ans d'âge, aussi fait-il eau par gros temps. L'eau giclait par les trous des rivets de la coque. Dans ces cas-là il n'y a plus ni officiers, ni hommes d'équipage, tous travaillent ensemble comme des rats qui se noient, aveuglant les voies d'eau, appliquant des nattes aux parois, gâchant le ciment dans des auges pour colmater les fuites. Et si au milieu du travail vous êtes projeté contre une paroi ou si l'électricité tombant en panne vous vous trouvez lancé dans l'obscurité, vous n'avez pas le temps d'avoir peur. Et voilà. Vous pouvez avoir navigué des années, vous ne vous habituez jamais aux tempêtes. Chaque fois vous vous demandez si vous n'allez pas y passer. En tout cas, la veille de notre dernière tempête, le coucher du soleil ressemblait trop à un grand incendie, le rouge du ciel tournait au noir et la mer était devenue subitement calme. J'avais l'étrange impression qu'il allait se passer quelque chose.

— C'est trop horrible, trop horrible. Je vous en prie, ne racontez plus d'histoires pareilles ! » s'écria Fusako se bouchant les oreilles avec les deux mains.

Noboru pensa que cette histoire de dangers courus était clairement racontée pour lui et il jugea théâtrale la protestation élevée par sa mère, en se bouchant les oreilles, il en était ennuyé. A moins que l'histoire ne fût destinée à sa mère ? Cette pensée mit Noboru mal à l'aise. Ryûji avait déjà raconté des histoires de navigation de la même sorte mais cette fois son ton paraissait différent. Ce ton lui rappelait celui d'un marchand ambulant qui tire de derrière son dos un paquet d'objets divers qu'il tripote avec des mains sales. Les objets divers, vendus par Ryûji, c'était la tempête des Caraïbes, une fête dans la campagne brésilienne toute couverte de poussière rouge, les paysages le long du canal de Panama, un orage tropical submergeant un village en un clin d'œil, des perroquets bariolés poussant des cris perçants dans un ciel sombre...

CHAPITRE III

Le *Rakuyo* partit le 5 janvier et Ryûji n'était pas à
bord. Il était resté comme invité dans la maison
Kuroda.

Rex rouvrit le 6. Soulagée de voir que Ryûji était
resté et que le *Rakuyo* était parti, Fusako se rendit au
magasin juste avant midi et reçut les compliments de
nouvelle année du directeur, M. Shibuya, et de tout le
personnel. Une facture d'un répartiteur de marchandises anglaises portant sur plusieurs douzaines d'objets
l'attendait sur son bureau.

à MM. Rex et Cie, Yokohama
ordre n° 1063B

Les marchandises étaient arrivées pendant les vacances sur l'*Eldorado* ; il y avait deux douzaines et demie
de vestes d'hommes et de pull-overs, une dizaine et
demie de pantalons de sport, tailles 34, 38 et 40. La
facture se montait à 82 500 yens. En y ajoutant 10 %
de commission pour le répartiteur, cela faisait
90 750 yens. Si on laissait dormir les choses un mois,
on pouvait compter sur un bénéfice de 50 000 yens : la
moitié des marchandises était commandée par un client

et pouvait être vendue ; la moitié au moins pouvait être écoulée tout de suite. Ne pas avoir à se soucier de la dépréciation si les marchandises attendaient un certain temps, c'était l'avantage de vendre des produits anglais en passant par un répartiteur de premier ordre. Les prix de revente étaient fixés en Angleterre, et si on essayait de vendre au-dessous de ces prix les affaires seraient suspendues.

M. Shibuya entra dans le bureau de Fusako et dit :

« La société Jackson organise une exposition d'articles de printemps et d'été le 25 prochain. Nous avons reçu une invitation.

— Ah ! cela veut dire que nous allons être en concurrence avec les gros acheteurs des grands magasins de Tokyo. Naturellement ces gens-là ne sont pas aveugles.

— Ils n'y comprennent rien parce qu'ils n'ont jamais porté des choses de bonne qualité.

— C'est bien la vérité. » Fusako prit son agenda de bureau et nota la date. « Est-ce demain que nous devons aller ensemble au ministère du Commerce ? Je trouve pénible de discuter avec ces fonctionnaires. Je me contenterai de sourire et compterai sur vous.

— Cela ira bien. L'un de ces fonctionnaires est un vieil ami.

— En effet, vous me l'avez déjà dit. Je suis sauvée. »

Pour donner satisfaction à de nouveaux clients, Rex avait conclu un accord à New York avec un magasin pour hommes, ville et campagne. Des lettres de crédit étaient déjà lancées et c'était à Fusako de s'adresser au ministère du Commerce pour obtenir une licence d'importation.

Fusako reconnut le col de la veste en poil de

chameau que portait un vieux directeur maigre et élégant assis de l'autre côté de la table.

« Cela ira bien ainsi, monsieur Shibuya. Comment vous portez-vous ? demanda-t-elle au vieux monsieur.

— Ma santé n'est pas très satisfaisante. Je pense que c'est de la névralgie mais la douleur tend à gagner de tous côtés.

— Vous avez consulté un médecin ?

— Non, en ce mois de janvier...

— Mais vous n'étiez déjà pas bien à la fin de l'année ?

— A la fin de l'année je n'avais pas le temps d'aller voir un médecin.

— Vous feriez bien de vous faire examiner le plus tôt possible. Si vous nous manquiez, je n'aurais plus qu'à fermer boutique. »

Le vieux directeur eut un faible sourire, tâtant nerveusement de sa main blanche le nœud serré de sa cravate.

Une vendeuse entra pour dire que Mlle Kasuga Yoriko était arrivée.

Fusako descendit dans le patio. Cette fois Yoriko était venue seule sans être accompagnée. Elle portait un manteau de vison et se penchait pour examiner un casier vitré. Elle fit quelques achats sans importance : un bâton de rouge de Lancôme et un stylo Pélican, puis Fusako l'invita à déjeuner ; le visage de la célèbre actrice rayonna de plaisir. Fusako l'emmena au *Centaure,* un petit restaurant français près du port, où se réunissaient souvent des yachtsmen. Le propriétaire était un vieux gourmet qui avait travaillé au consulat français dans les années passées.

Fusako observait l'actrice comme si elle avait voulu

mesurer la solitude de cette femme simple, plutôt apathique.

Yoriko n'avait obtenu aucune des récompenses sur lesquelles elle comptait les années précédentes. Sa venue à Yokohama, cette année, était certainement pour se soustraire aux yeux que le monde lève sur une vedette qui a raté un prix. Quoiqu'elle dût compter un lot de soupirants, la seule personne avec laquelle elle pouvait être franche et à son aise était la propriétaire d'un magasin de luxe de Yokohama, qui n'était même pas son amie intime.

Fusako pensa qu'il valait mieux ne pas parler de prix de cinéma au cours du déjeuner.

Toutes deux burent une bouteille de « vin maison » recommandé par le restaurant, tout en mangeant une bouillabaisse. Yoriko ne pouvait lire le menu écrit en français, c'est Fusako qui choisit pour elle.

« Mama, vous êtes vraiment très belle, dit brusquement la grande beauté qu'était Yoriko. Je donnerais je ne sais quoi pour vous ressembler. »

Fusako pensa qu'il n'était pas une autre femme pour déprécier pareillement sa propre beauté. Elle avait une poitrine splendide, des yeux superbes, un nez parfaitement dessiné, des lèvres voluptueuses ; en revanche elle était tourmentée par un vague sentiment d'infériorité. Elle croyait même, et elle n'en était pas peu ennuyée, qu'aucun prix ne lui avait jamais été décerné parce que les hommes qui la regardaient sur l'écran ne voyaient en elle qu'une femme avec qui ils auraient aimé coucher.

Fusako remarqua le plaisir à peine perceptible de cette femme magnifique, célèbre, mais malheureuse, quand elle apposa sa signature sur le livre de la maison que lui présentait une serveuse. La réaction de Yoriko devant un livre d'autographes donnait toujours une bonne indication sur son humeur. La désinvolture voisine de l'ivresse avec laquelle elle signa son nom était telle que l'on pensait qu'elle serait allée jusqu'à donner l'un de ses seins si on le lui avait demandé.

« Les seules personnes au monde en qui j'ai confiance sont mes supporters, même s'ils ont l'oubli facile », dit nonchalamment Yoriko au milieu du repas en allumant une cigarette de dame importée.

« N'avez-vous pas confiance en moi ? » demanda Fusako par taquinerie. Elle pouvait prédire la réponse favorable à une telle question.

« Si je n'avais pas confiance en vous, je ne serais pas venue jusqu'à Yokohama. Vous êtes ma seule vraie amie. C'est la vérité. Il y a longtemps que je ne m'étais sentie tellement à mon aise, Mama. »

Encore ce nom que Fusako détestait au plus haut point. Fusako sourcilla. Les murs du restaurant étaient décorés d'aquarelles représentant des yachts parmi les plus célèbres ; les tables vides étaient couvertes de nappes rouges à rayures croisées. Il n'y avait personne d'autre qu'elles-mêmes dans la petite salle. Les vieux encadrements des fenêtres gémissaient. Un journal s'envola dans la rue par une fenêtre ouverte. La vue s'arrêtait sur le mur gris d'un entrepôt.

Yoriko garda son manteau de vison sur ses épaules pendant le déjeuner. Sur sa poitrine se balançait un lourd collier fait d'une chaîne dorée qui faisait penser aux cordages des chars des fêtes shintô [1]. Elle avait échappé au monde léger où l'on se régale des affaires d'amour, elle avait même échappé à sa propre ambition

---

1. Les mikoshi, lourds chars que l'on promène aux fêtes shintô, sont tirés au moyen de cordages en grosses torsades. (*N.d.T.*)

et, maintenant, elle était comme une vigoureuse travailleuse de force qui en silence se repose assise par terre au soleil sur le gazon sec entre deux besognes fatigantes et comme elle, elle était contente.

Quoique ses motifs de peine et de joie parussent rarement convaincants à l'observateur, Yoriko s'arrangeait pour venir en aide à une famille de dix personnes, et c'était dans des moments comme celui-ci que la source de sa vitalité devenait frappante. Elle tirait sa force de la chose à laquelle elle prêtait le moins attention : sa beauté.

Fusako eut soudain l'impression que Yoriko serait une confidente idéale. Elle ouvrit aisément son cœur. Son bonheur, en racontant son histoire, la grisait au point qu'elle en révéla tous les détails.

« Vous a-t-il donné son carnet de chèques montrant un dépôt de deux millions de yens, et l'empreinte de son sceau ?

— J'ai refusé, mais...

— Il n'y avait pas à refuser. Le geste était d'un homme digne de ce nom. Le montant ne signifie pas grand-chose pour vous, mais l'intention devait vous réjouir. Et dire qu'il existe encore des hommes comme cela ! D'autant plus que les hommes qui tournent autour de moi sont tous des tapeurs qui pillent tout ce qu'ils trouvent. J'espère que vous comprenez que vous avez de la chance. »

Fusako fut surprise de trouver en Yoriko une femme pratique et elle fut étonnée quand, après avoir écouté toute l'histoire, l'actrice indiqua un plan d'action.

En premier lieu, avant tout mariage, commença-t-elle, il faut procéder à une enquête par détectives privés. Fusako avait préparé une photo de Ryûji et trente mille yens. En les pressant, elle pouvait avoir les résultats en moins d'une semaine. Comme Yoriko connaissait une agence de confiance, elle se mettait volontiers à la disposition de Fusako pour la lui indiquer.

En second lieu, bien qu'il n'y eût pas lieu de s'inquiéter dans le cas présent, il était toujours possible qu'un marin eût une vilaine maladie ; il était judicieux pour Fusako de se rendre avec Ryûji à un hôpital de confiance, de se faire examiner et d'échanger leurs certificats.

En troisième place venait le problème de l'enfant. Comme il s'agissait d'un fils et d'un nouveau père, il n'était pas question de belle-mère ; il n'y avait pas lieu de se faire de souci. Et puisque le garçon paraissait vénérer Ryûji comme un héros (et comme il semblait foncièrement gentil), ils s'entendraient certainement.

Quatrièmement. Il eût été d'une grande maladresse de permettre à Ryûji de vivre plus longtemps à ne rien faire. Si Fusako avait l'intention de donner un jour à Ryûji la haute direction de Rex, elle serait sage de le mettre à l'apprentissage des affaires et d'utiliser tout de suite son aide au magasin, d'autant plus que Shibuya, le directeur, commençait à se fatiguer.

Cinquièmement. Il était clair, d'après son geste avec son carnet de chèques, qu'il n'y avait rien de cupide chez Ryûji, mais c'était un fait que la crise des transports maritimes avait entraîné un effondrement des actions des compagnies de navigation ; en outre, il était certain qu'il avait désiré quitter la carrière de marin. Fusako étant une veuve, devait avoir soin de ne pas se compromettre. Il lui incombait d'insister sur la nécessité d'une complète égalité pour être certaine de ne pas être l'objet d'une vilaine expérience tentée par le partenaire.

Yoriko expliquait tout cela sommairement en termes simples comme à une enfant, à Fusako pourtant son aînée. Fusako était surprise de trouver tant de bon sens chez une femme qu'elle avait jusque-là tenue pour sotte.

« Vous êtes diablement capable, dit Fusako, au comble de l'admiration.

— Quand on a découvert ce qu'ils ont en tête, c'est simple. Il y eut un homme que je pensais épouser. Je m'en ouvris à l'un de nos producteurs. Vous devez le connaître : Muragoshi Tatsuo, l'un de ceux qui connaissaient le mieux le métier. Il ne fit allusion ni à mon travail, ni à ma popularité, ni à mon contrat. Il se contenta de sourire d'un sourire plein de compassion, me félicita et puis me donna tous les conseils que je vous ai donnés moi-même. Comme je trouvais cela horripilant, je lui confiai toute la corvée. Au bout d'une semaine, j'apprenais que l'homme en question fréquentait déjà trois femmes, qu'il avait deux bâtards et, de plus, qu'il avait une sale maladie. Lorsque nous aurions été mariés, il aurait chassé ma famille et vécu sans rien faire... Quoi ?... Il y a des hommes comme cela. Naturellement, il y a des exceptions, mais... »

A partir de ce moment, Fusako détesta l'actrice et en réalité son aversion était doublée d'une indignation qui venait du fond de son caractère d'honnête bourgeoise. Elle vit dans l'insinuation de Yoriko non seulement une attaque visant Ryûji, mais encore une insulte à sa propre famille qui était d'une honorabilité parfaite et à son éducation, un affront aux traditions sans faille des Kuroda, ce qui revenait à un mépris à l'égard de son défunt mari.

Se mordant les lèvres, Fusako se dit que tout d'abord leurs points de vue étaient totalement différents et qu'il n'y avait aucune raison pour que son histoire d'amour rentrât dans le cadre des histoires familières à Yoriko. « Tôt ou tard, il faudra que je lui fasse comprendre la situation. Je ne puis rien y faire actuellement parce qu'elle n'est qu'une cliente, pas une amie. »

Fusako ne remarquait pas que la position que sa colère lui faisait prendre était en opposition avec la violente passion qui s'était emparée d'elle l'été dernier. Au fond, elle était en colère moins à cause de Ryûji que parce qu'elle avait travaillé depuis la mort de son mari à faire d'elle et de son fils une famille saine. Les insinuations de Yoriko ressemblaient à ce que Fusako craignait le plus : le reproche que le monde lui adresserait pour son imprudence. Maintenant que cette imprudence allait être compensée par une heureuse conclusion, Yoriko avait, tout exprès, prononcé des paroles de mauvais augure. Fusako était furieuse pour son défunt mari, pour la famille des Kuroda, pour Noboru, bref, en raison de toutes les colères que fait naître l'appréhension, elle en était toute pâle. « Si Ryûji était un homme malpropre, avec des idées secrètes, je n'aurais pas été assez sotte pour l'aimer. J'ai de bons yeux pour distinguer ce qui est bien de ce qui est mal ! »

Ces pensées équivalaient à la négation de son mystérieux emballement de l'été, toutefois, après avoir été un murmure intérieur, elles se mirent soudain à bouillir, à s'enfler au point d'éclater.

Buvant tranquillement son café après le déjeuner, Yoriko ne remarquait pas l'agitation de son amie. Soudain, comme si elle se rappelait quelque chose, elle reposa sa tasse sur la soucoupe, releva le bas de sa manche gauche et montra l'intérieur blanc de son poignet.

« Promettez-moi de garder strictement ce secret. Je ne voudrais le confier à personne d'autre que vous, Mama. C'est la cicatrice du temps où j'allais me marier. J'ai essayé de me suicider avec une lame de rasoir.

— Oh! Cela n'a pas paru dans les journaux! dit Fusako, revenant soudain à elle et décidée à employer les grands moyens pour l'aider à se confesser.

— Non, parce que M. Muragoshi a couru partout pour étouffer la nouvelle. Mais cela a saigné terriblement. »

Yoriko éleva son bras, posa tendrement ses lèvres sur son poignet qu'elle mit sous les yeux de Fusako. Il fallait y regarder de près pour apercevoir quelques légères cicatrices blanches irrégulières de blessures qui devaient avoir été superficielles. Elles laissèrent Fusako indifférente. Elle fit exprès d'examiner le poignet avec soin sans avoir l'air de découvrir quoi que ce fût.

Redevenant la propriétaire de Rex, elle fronça les sourcils avec sympathie et dit :

« Ah! Quel dommage! Vous imaginez-vous combien de gens au Japon auraient pleuré si vous aviez réussi! Un joli corps comme le vôtre! Le gaspiller! Promettez-moi de ne jamais recommencer.

— Certainement, Mama, je ne ferai pas deux fois une chose aussi stupide. Je ne vis que pour ces gens dont vous dites qu'ils auraient pleuré ma mort. M'auriez-vous pleurée, Mama?

— Pleurée n'est pas assez dire. Mais laissons une telle conversation », dit Fusako doucement compatissante.

D'ordinaire, Fusako eût considéré que s'adresser à une agence de détectives privés, ainsi que Yoriko l'y avait engagée, était de mauvais présage pour un début, mais maintenant, par dépit, elle voulait recevoir d'eux un rapport favorable.

« Eh bien, voilà. Demain je dois aller pour affaires à Tokyo avec mon directeur. Lorsque ces affaires seront terminées, je sèmerai mon directeur et j'irai seule à l'agence en question. Pourriez-vous me donner un mot d'introduction sur l'une de vos cartes ?

— Avec plaisir. » Yoriko sortit le stylo qu'elle venait d'acheter et fouillant dans son sac en crocodile, elle en tira un petit carton blanc.

Huit jours après, Fusako eut une longue conversation au téléphone avec Yoriko. Il y avait de la fierté dans son ton.

« Ah ! C'est un grand succès ! Le rapport est très intéressant. Trente mille yens, ce n'est pas cher. Vous le lirai-je ? Vous avez un instant ? Par amitié, je vous prie d'écouter ceci :

« " Rapport sur une enquête spéciale. Ce qui suit est le résultat de l'enquête sur les points indiqués par le client.

« " Au sujet de Tsukazaki Ryûji. Questions posées : Authenticité des détails de son curriculum vitae. Relations féminines. Cohabite-t-il avec des femmes ? etc. Curriculum : aucune différence avec les renseignements en votre possession. La mère, Masako, est morte quand il avait dix ans. Le père, Hajime, était employé à la mairie de l'arrondissement de Katsushita, à Tokyo. Il ne s'est pas remarié après la mort de sa femme, se dévouant pour élever et instruire son fils unique. La maison familiale fut détruite au cours d'un bombardement aérien en mars 1945. La sœur de l'intéressé, Yoshiko, est morte du typhus au mois de mai de la même année. L'intéressé est diplômé de l'Ecole de marine marchande. "

« Et voilà, cela continue comme cela. Ah ! Que c'est mal rédigé ! Je saute... " En ce qui concerne ses relations féminines : il n'est pas engagé à présent dans une histoire de femmes et rien ne permet de croire qu'il ait jamais cohabité avec une femme ou qu'il ait jamais eu une liaison importante ou prolongée... "

« Comment ?... c'est l'expression employée...

« " L'intéressé fait preuve de tendances légèrement excentriques, mais il est extrêmement ardent au travail ; son sens des responsabilités est élevé ; sa santé est excellente ; il n'a jamais été sérieusement malade. D'après l'enquête faite, il n'y a eu ni maladie mentale ni aucune maladie héréditaire dans sa famille proche... "

« Il y a encore autre chose : " Il n'a pas de dettes ; il n'a jamais demandé d'avances sur son traitement et il n'a jamais emprunté d'argent à ses employeurs. Tout indique une situation financière impeccable. L'intéressé est connu pour son goût pour la solitude et il ne s'est jamais montré à l'aise en société, ce qui explique qu'il ne s'entend pas toujours très bien avec ses collègues... "

« Cela n'a pas d'importance, du moment qu'il s'entend bien avec moi. Oh ! Une visite ? Je coupe. Je voulais seulement vous remercier de votre grande amabilité ; je vous suis très obligée. J'espère que nous nous reverrons bientôt au magasin... Ryûji ? Oui, il est venu tous les jours depuis la semaine dernière, ainsi que vous l'avez suggéré. Il veut faire son apprentissage. Je vous le présenterai la prochaine fois que vous viendrez. Oui... oui... je n'y manquerai pas. Et encore merci. Au revoir. »

CHAPITRE IV

Le collège avait rouvert ses portes le 11, mais les classes furent terminées à midi. La bande ne s'était pas réunie une seule fois pendant les vacances. Le chef lui-même ne se trouvait pas en ville ; ses parents l'avaient emmené en voyage dans le Kansai[1]. Réunis enfin après un long temps, ils cherchèrent un endroit désert convenant à une réunion et se décidèrent après avoir déjeuné au collège pour le bout de la jetée Yamashita où il n'y avait jamais personne.

« Vous croyez probablement qu'on gèle là-bas ! Tout le monde le croit, mais c'est une erreur. En réalité, il y a un bon abri contre le vent. En tout cas, on va y aller voir. »

Depuis midi le ciel s'était couvert de nuages et le temps se rafraîchissait. Le vent du nord venant de la mer soufflait tout droit sur eux dans leur marche jusqu'au bout de la jetée et leur faisait tourner le visage de côté.

Les travaux de récupération du sol de la plage étaient terminés mais l'un des docks flottants n'était construit qu'à moitié. La mer grise ondulait, deux ou

---

1. Kansaï : région de Kyôto, Osaka et à l'ouest. (*N.d.T.*)

trois bouées lavées sans cesse par les vagues apparais
saient et disparaissaient tour à tour. Dans cette sombr
région d'usines on ne voyait que les cinq cheminée:
d'une usine électrique, une fumée jaunâtre flottait au
dessus de la ligne des toits d'usines qu'elle barbouillait
A droite et à gauche du dock flottant en construction
l'écho des cris des travailleurs marquant les temps dan:
leur ouvrage se répercutait sur l'eau.

Plus loin que le dock et à sa gauche, les deux phares
bas rouge et blanc qui occupaient l'entrée du port se
présentaient, vus d'ici, comme une colonne unique.

Amarré au dock, et pour eux à la droite du hangar,
se trouvait un vieux chaland de cinq à six mille tonnes,
un vieux drapeau national devenu gris pendant à
l'arrière. De l'autre côté du hangar, dans un mouillage
qu'ils apercevaient, un bateau étranger paraissait à
l'ancre. Ses blancs épars qui s'élevaient par-dessus le
hangar se balançaient, seule vision brillante dans ce
paysage sombre.

Ils virent tout de suite ce qu'était l'abri contre le vent
dont avait parlé le chef. Empilé entre le hangar et le
quai se trouvait un tas confus de caisses vert et argent
assez grandes pour que chacune pût abriter un veau.
C'étaient de grandes caisses en contre-plaqué renfor-
cées par des bandes d'acier et portant les noms
d'exportateurs étrangers ; on les avait abandonnées là,
jetées au rebut.

Dès que les six garçons eurent découvert ce tas de
caisses, ils se jetèrent à corps perdu dans les intervalles
entre les caisses, se cognant la tête quand ils se
rencontraient, courant les uns après les autres, se
rattrapant, passant leur temps à jouer comme de vrais
enfants. Ils étaient tous en sueur lorsque le chef
découvrit au centre du tas une grande caisse à sa

138

convenance ; deux côtés en étaient tombés, mais les bandes d'acier étaient intactes et le contenu avait été vidé jusqu'à la dernière miette ne laissant apparaître que le contre-plaqué.

Le chef poussa un cri de pie-grièche pour rassembler ses garçons dispersés. Trois s'assirent sur le contre-plaqué du fond, trois restèrent debout dans les angles, se soutenant des bras sur les bandes d'acier. Ils avaient l'impression que leur véhicule étrange allait être suspendu au bras d'une grue qui s'élèverait dans le ciel froid d'hiver.

Ils lurent tout haut l'un après l'autre les graffiti qui couvraient les murs de la caisse : « Rendez-vous dans le parc de Yamashita. » « Oublions tout et fichons-nous du reste. » Comme des vers se suivant dans un poème classique renga, écrits par des poètes différents, chaque ligne était la parodie des rêves et des espoirs exprimés dans la ligne précédente : « Nous sommes jeunes, nous voulons de l'amour. » « Oublions les femmes. Qui en a besoin ? » « Je rêve toujours à toi. » « Sur mon cœur noir, une cicatrice noire. » Au milieu de ces inscriptions, l'âme troublée d'un jeune marin : « J'ai changé. Je suis un homme. » Un cargo dessiné dans un coin lançait quatre flèches. La flèche de droite indiquait Yokohama, la flèche de gauche New York ; celle du haut montrait le ciel ; celle du bas, l'enfer. Les mots « Oublier tout » étaient entourés d'un grand cercle. Le portrait de l'auteur, un marin aux yeux mélancoliques était dessiné ; il portait une vareuse au col à demi relevé et fumait une pipe de matelot. Le tout disait la solitude, la nostalgie impatiente des marins, témoignait de l'amour-propre et une mélancolie accablante. Complètement faux. Trop stéréotypé. Triste obstination à faire parade de son aptitude à être l'homme qu'il rêvait d'être. « Tout cela : des mensonges ! » dit le chef en colère. Crispant sa main blanche et faible d'enfant il en fit un poing dont il frappa la paroi aux graffiti. Cette petite main était pour les six le symbole du désespoir. Maintenant ils étaient repoussés même par des mensonges. Mais le chef n'avait-il pas dit qu'une étiquette portant le mot « impossibilité » était collée en travers du monde et qu'ils étaient les seuls pouvant la déchirer une fois pour toutes ?

« Et ton héros, qu'est-ce qu'il fait, N° 3 ? J'ai entendu dire que le type était revenu. » Le chef sentait tous les yeux fixés sur lui et sa voix était glaciale, pleine de venin. Tout en parlant il avait tiré des poches de son pardessus de moelleux gants de peau fourrés qu'il enfila en laissant voir leur doublure rouge feu.

« Il est revenu, dit négligemment Noboru qui aurait bien voulu que ce sujet ne fût pas abordé.

— A-t-il fait quelque chose d'épatant, ton type, au cours de son dernier voyage en mer ?

— Eh bien, il a dit qu'il avait subi une tempête dans la mer des Caraïbes.

— Pas possible ! Je suppose qu'il a été trempé tel un rat qui se noie, comme le jour où il avait pris une douche à la fontaine d'eau potable du parc ? »

A ces mots du chef, tous se mirent à rire, d'un rire qui n'en finissait pas. Noboru sentit que ce rire le ridiculisait mais sa fierté reprit immédiatement le dessus et il put énumérer au chef les faits et gestes quotidiens de Ryûji, d'un ton monotone, comme il aurait décrit les habitudes d'un insecte.

Jusqu'au 7 janvier, Ryûji avait flâné dans la maison. Lorsque Noboru apprit que le *Rakuyo* était parti le 5 il reçut un choc. Cet homme qui faisait tellement partie du *Rakuyo,* qui avait été un élément du lustre du bateau lors de son voyage d'été, s'était détaché de cet ensemble magnifique, avait de son plein gré banni de ses rêves les fantômes des bateaux et de la navigation. Naturellement, Noboru n'avait pas quitté Ryûji pendant ces vacances, écoutant toutes sortes d'histoires de voyages en mer, acquérant une connaissance de la navigation à laquelle nul autre ne pouvait prétendre. Toutefois, c'était moins cette connaissance que désirait Noboru que la goutte verte que laisserait Ryûji après lui lorsqu'un beau jour, s'interrompant au milieu d'une histoire, il bondirait de nouveau vers la mer.

Les fantômes de la mer, des bateaux, de la navigation n'existaient que dans cette goutte verte brillante. Mais chaque jour qui passait faisait adhérer à Ryûji les détestables odeurs quotidiennes de la terre : l'odeur de la maison, l'odeur des voisins, l'odeur de paix, l'odeur de poisson grillé, l'odeur des salutations, l'odeur des meubles qui ne bougent jamais, l'odeur des carnets de comptes de maison, l'odeur des excursions en fin de semaine... toutes les odeurs putrides attachées aux terriens.

Ryûji commença à travailler sérieusement. Pour s'inculquer la culture des terriens il se mit à dévorer des livres de littérature que Fusako ne lui aurait pas indiqués, des collections de livres sur l'art, à étudier la conversation anglaise par un cours chaque soir à la télévision, par un texte sans termes nautiques, il écoutait les leçons que lui donnait Fusako sur la direction d'un magasin ; il se mit à porter des vêtements anglais « de bon ton » que Fusako faisait toujours venir du magasin, à se faire faire sur mesure des vêtements occidentaux, un pardessus. A partir du 8 janvier il alla tous les jours avec Fusako au magasin. Ce jour-là, il avait mis un costume anglais à la mode que l'on avait pressé le tailleur de terminer à temps ; il s'était montré plein d'enthousiasme.

« D'enthousiasme », Noboru prononçait le mot comme s'il eût un glaçon sur le bout de la langue. « D'enthousiasme », répéta N° 2 en l'imitant. En entendant ces mots, les garçons cessèrent de rire. Ils avaient peu à peu compris que la situation était devenue grave. Il leur parut que ce moment marquait la fin d'un rêve commun et présageait un avenir plein de ruse... Peut-être, après tout, que rien d'aussi extrême ne se produirait en ce monde. A ce moment, ils entrevirent par un intervalle étroit entre deux caisses un canot à moteur qui traversait le port en faisant jaillir de hautes vagues blanches. Le bruit de son moteur s'entendit longtemps après qu'on l'eut perdu de vue.

« N° 3, dit le chef en s'appuyant nonchalamment à la paroi de contre-plaqué, as-tu encore envie d'appeler ton type un héros ? »

Ces mots produisirent sur Noboru l'effet d'une douche froide ; il se recroquevilla ; avec les doigts de ses gants, il commença à jouer sur la pointe de ses souliers ; il se tut. Quand il se décida à parler, sa réponse fut évasive. « Tu sais, il a toujours dans son armoire sa casquette et sa vareuse de marin et même son vieux sweater de service tout sale. Il n'a pas l'air de vouloir les abandonner. »

A son habitude, le chef n'écoutait pas les réponses de ses compagnons ; il dit d'une voix claire et glaciale : « Il n'y a qu'un seul moyen pour en faire un nouveau héros. Je ne peux pas encore te dire comment ; le moment viendra pourtant et bientôt ! »

Lorsque le chef parlait, personne n'avait le droit de chercher à approfondir le sens de ses paroles. Changeant sans difficulté de sujet, il amena la conversation sur lui.

« Cette fois je vais vous parler de moi. Dans ce voyage de janvier, du matin au soir je ne pouvais faire un pas sans me heurter à mon vieux ou à ma vieille. Les pères !... Parlons-en. Des êtres à vomir ! Ils sont le mal en personne. Ils sont chargés de tout ce qu'il y a de laid dans l'humanité. Il n'existe pas de père correct. C'est parce que le rôle des pères est mauvais. Les pères stricts, les pères doux, les pères modérés, sont tout aussi mauvais les uns que les autres. Ils nous barrent la route dans l'existence en se déchargeant sur nous de leurs complexes d'infériorité, de leurs aspirations non réalisées, de leurs ressentiments, de leurs idéaux, de leurs faiblesses qu'ils n'ont jamais avouées à personne, de leurs fautes, de leurs rêves suaves et des maximes auxquelles ils n'ont jamais eu le courage de se conformer ; ceux qui sont les plus indifférents, comme mon père, ne font pas exception à la règle. Leur conscience les blesse parce qu'ils ne font jamais attention à leurs enfants et finalement ils voudraient que les enfants les comprennent.

« En janvier nous sommes allés à Arashiyama et, comme nous traversions le Pont de la Lune, je posai une question à mon père : " Papa, la vie a-t-elle un but ? Tu vois ce que je veux dire. Peux-tu, Papa, me donner une seule raison pour laquelle tu continues à vive ? Ne vaudrait-il pas mieux disparaître rapidement ? " Mais une insinuation de premier ordre comme celle-là n'atteint jamais un homme comme celui-là. Il fut étonné, fit de gros yeux et me regarda avec insistance. Je déteste cette sorte de surprise ridicule chez un adulte. Et quand il me répondit, que croyez-vous qu'il dit ? " Mon garçon, il n'y a personne qui puisse te répondre sur le but de la vie ; c'est à chacun qu'il appartient de s'en créer un. "

« Quelle morale stupide et banale que celle-là ! Il a tout juste pressé le bouton pour sortir une des choses que les pères sont censés dire. Et avez-vous jamais regardé les yeux d'un père dans un moment comme celui-là ? Les pères se méfient de tout ce qui a un caractère créateur, ils rapetissent tout dans le monde. Les pères sont des machines à cacher la réalité, des organes qui servent des mensonges aux enfants et, ce qui est pis, ils se figurent au fond d'eux qu'ils détiennent la vérité. Les pères sont les mouches du monde. Ils sont aux aguets autour de nous et quand ils aperçoivent quelque chose qui se pourrit en nous ils s'y précipitent. Des mouches dégoûtantes qui font courir dans le monde le bruit qu'ils sont liés avec nos mères. Il n'est rien qu'ils ne puissent faire pour gâter notre liberté et nos capacités, rien qu'ils ne fassent pour protéger les villes malpropres qu'ils se sont construites.

— Mon père persiste à ne pas vouloir m'acheter un fusil à air, murmura N° 2, les bras enserrant ses genoux.

— Et il ne voudra jamais. Mais il est temps que tu comprennes qu'un père qui t'achèterait un fusil à air est aussi mauvais qu'un père qui ne veut pas t'en acheter un.

— Mon père m'a encore battu hier. C'est la troisième fois depuis le Nouvel An, dit N° 1.

— Battu ? répéta Noboru avec horreur.

— Il m'a donné une gifle avec le plat de la main, mais il lui arrive de taper avec le poing.

— Pourquoi ne regimbes-tu pas ?

— Parce que mes bras n'en ont pas la force.

— Alors, tu devrais... » Le visage de Noboru était tout rouge et il cria : « Ne pourrais-tu pas beurrer son toast avec du cyanure de potassium ou quelque chose de pareil ?

— Il y a des choses pires que d'être battu, dit le chef en relevant en arc sa lèvre rouge et mince. Il y a bien d'autres choses pires mais tu ne les connais pas. Tu as de la chance. Comme ton père est mort, ta situation est enviable. Mais il faut que tu connaisses aussi le mal qui est dans le monde, autrement tu n'acquerras jamais de véritable puissance.

— Mon père rentre toujours ivre à la maison et brutalise ma mère, dit N° 4. Une fois je soutenais ma mère : " Mêle-toi de ce qui te regarde. Tu ne vas pas enlever son plaisir à ta mère ? " Mais maintenant je sais. Mon père a trois maîtresses.

— Mon père à moi ne fait que prier Dieu », dit N° 5.

Sur quoi Noboru demanda :

« Que demande-t-il dans ses prières ?

— Eh bien, la sécurité pour la famille, la paix sur terre, la prospérité, des choses comme cela. Il pense que nous sommes une famille modèle. Le malheur, c'est qu'il a amené ma maternelle à penser comme lui. Toute la maison est pure, honnête, chacun est rempli de bonnes intentions. A la maison on va jusqu'à donner leur nourriture aux souris qui sont dans le plafond pour qu'elles ne commettent pas le péché de vol... A la maison, quand le repas est fini, tout le monde lèche son assiette à fond, pour que les bienfaits de Dieu ne soient pas perdus.

— Est-ce que ton père t'oblige à faire cela ?

— Il n'oblige jamais à rien. Il commence toujours par faire ces sales besognes et alors tout le monde est bien obligé de l'imiter. Tu as de la chance, Noboru. Tu devrais t'en féliciter. »

Noboru était vexé d'être exempt des germes qui infectaient les autres mais, en même temps, il tremblait en pensant que le bonheur qui lui était échu par chance avait la fragilité du verre, et que sa pureté était aussi délicate que celle de la nouvelle lune. Grâce aux bienfaits de qui vivait-il dispensé du mal ? Son innocence avait lancé à travers le monde un réseau compliqué d'antennes ; ne seraient-elles pas arrachées un jour ? Quand ce monde perdrait-il son immensité et l'enfermerait-il dans une camisole de force ? Ce jour-là, il le savait, n'était pas loin… Noboru sentait déjà un courage de fou sourdre au fond de lui.

Le chef avait froncé ses sourcils semblables à une lune à son troisième jour et, évitant les regards de Noboru, il regardait à travers une ouverture entre les caisses, les circonvolutions des fumées et des nuages au-dessus du large qui avait une couleur de cendre, mordant de ses petites dents brillantes la doublure rouge de ses gants de peau.

CHAPITRE V

L'attitude de sa mère changea. Elle devint plus affectueuse, plus attentive à satisfaire ses désirs. Il était clair que ceci était le prélude de quelque chose qu'il lui serait difficile d'accepter.

Un soir, Noboru avait souhaité bonne nuit et montait dans sa chambre.

« La clef ! la clef ! » C'était sa mère qui montait l'escalier derrière lui en tenant à la main un trousseau de clefs. Noboru trouva l'exclamation peu naturelle. Elle avait l'habitude de monter avec lui chaque soir et de fermer à clef du dehors la porte de sa chambre. Certains soirs elle était gaie ; certains soirs, mélancolique, mais pas une fois elle ne s'était enquise de la clef.

Alors, Ryûji qui était assis au salon dans une robe de chambre à rayures marron, lisant un livre intitulé : *Comment diriger un magasin,* leva la tête comme s'il venait d'entendre parler et appela sa mère par son nom.

« Eh bien ! » répondit-elle en se tournant à moitié de l'escalier.

La douceur caressante de sa voix fit frissonner Noboru.

« Si vous cessiez maintenant de fermer la porte à

clef ? Noboru n'est plus un enfant. Il sait ce qui est bien et ce qui est mal. N'est-ce pas, Noboru ? »

La grosse voix montait de la salle de séjour. Au premier étage, dans le noir, Noboru ne faisait pas un mouvement ; il ne répondit pas un mot, les yeux brillants comme ceux d'une petite bête pourchassée et acculée. Sa mère, qui gardait une douceur onctueuse comme de l'huile, ne le gronda même pas pour son manque de politesse.

« C'est bien. Tu dois être content ? » dit-elle en le menant à sa chambre. Elle s'assura qu'il n'avait rien oublié pour le lendemain, examina ses livres de classe et l'horaire des cours, s'assura que ses crayons étaient bien taillés. Ryûji l'avait aidé à faire ses devoirs de mathématiques. Fusako fit le tour de la chambre, examinant avec soin les vêtements de nuit de Noboru ; sa démarche était si légère, ses mouvements étaient si souples qu'ils faisaient penser à une danse sous l'eau. Finalement elle lui dit bonsoir et partit. On n'entendit pas de bruit de clef dans la serrure.

Laissé seul, Noboru se sentit mal à l'aise. Il avait pénétré la comédie jouée, mais cela ne le consolait pas. Ryûji et compagnie avaient tendu un piège au lapin. Ils avaient espéré que la rage de l'animal captif et les odeurs familières de son terrier se transformeraient en résignation et rendraient tolérant un être qui se serait laissé capturer. Mais c'était un petit piège auquel ne se laisserait pas prendre celui qui n'était plus un lapin.

Son malaise de se trouver dans sa chambre non fermée à clef le fit frissonner même après qu'il eut boutonné son pyjama jusqu'au cou. Ces gens-là commençaient son éducation. Une éducation terrible, destructrice. Ils voulaient forcer la croissance d'un garçon qui allait avoir quatorze ans pour en faire un adulte. La croissance ou plutôt, ainsi que le dit le chef, la putréfaction. Son cerveau enfiévré poursuivait un rêve impossible : ne pourrais-je, tout en restant dans ma chambre, être dehors et fermer ma porte à clef ?

Quelques jours après, rentrant de l'école, il trouva Ryûji et Fusako habillés pour le soir. Ils lui dirent qu'ils allaient l'emmener voir un film en 70 millimètres que Noboru tenait à voir ; il fut très content.

Après le cinéma ils allèrent à un restaurant dans la ville chinoise et se firent servir le dîner dans un petit salon du premier étage où ils étaient seuls. Noboru adorait la cuisine chinoise et il aimait ces tables rondes au centre desquelles sont posées en cercle nombre d'assiettes.

Lorsque tous les mets eurent été apportés sur la table, Ryûji fit un signe des yeux à Fusako. Elle avait probablement jugé qu'elle avait besoin de la force de l'alcool pour cet instant, et elle avait bu quelques gorgées d'un vin chinois ; ses yeux avaient rougi.

Noboru n'avait jamais été traité si aimablement par des adultes. Les adultes n'avaient jamais en sa présence montré d'hésitations si marquées. Cela semblait faire partie d'un rite qui leur était spécial. Il savait ce qu'ils allaient lui dire, et il en était dégoûté. Mais il s'amusait à voir sa mère et Ryûji, de l'autre côté de la table, le traiter comme s'il était un petit oiseau fragile, qui s'effaroucherait aisément et qui ne savait rien, c'était un vrai spectacle. Ils avaient posé sur un plat le petit oiseau délicat aux plumes ébouriffées et semblaient chercher le moyen de lui manger le cœur sans le faire souffrir.

Noboru ne protestait pas contre le portrait gentil que se faisaient de lui sa mère et Ryûji dans leur imagination. Il lui était nécessaire de se poser en victime.

« Tu m'écoutes ? Je voudrais que tu comprennes bien ce que je vais te dire. C'est une chose très importante. Tu vas avoir un papa. M. Tsukazaki va devenir ton papa. »

Noboru écouta, impassible, et il fut persuadé qu'il avait paru complètement satisfait, jusque-là tout allait bien. Mais il n'avait pas compté sur l'incroyable stupidité de ce qui allait suivre.

« Ton vrai papa était un homme vraiment remarquable. Tu avais huit ans quand il est mort ; tu dois conserver son souvenir et il doit te manquer beaucoup. Mais je ne puis te dire combien ta mère s'est sentie seule ces cinq dernières années et je sais que tu t'es senti seul, toi aussi. A toi comme à moi il faut un nouveau papa. Comprends-moi bien. Tu sais combien j'ai désiré pour toi comme pour moi un papa idéal, fort, gentil. C'était d'autant plus difficile que ton père était tellement bien. Mais te voilà grand, alors tu dois comprendre combien ces cinq années ont été dures, solitaires, nous deux seuls dans la vie... » Elle chercha dans son sac un mouchoir d'importation et se mit à pleurer ; c'était ridicule. « J'ai fait tout ce que j'ai pu pour toi, tout. Il n'est personne au monde aussi gentil et aussi parfait que M. Tsukazaki. Noboru, je te demande de l'appeler papa dorénavant ; nous allons nous marier le mois prochain ; nous aurons beaucoup d'invités et nous donnerons une grande réception. »

Ryûji avait évité de regarder en face le visage impassible de Noboru et buvait, ajoutant du sucre cristallisé à son vin chinois, l'agitant avant de le boire et s'en préparant une autre coupe. Il avait peur de passer, aux yeux de Noboru, pour un impudent.

Noboru savait qu'il inspirait autant de sympathie que de crainte. Il s'enivrait de cette menace tranquille, et quand il tourna son cœur de glace vers les deux adultes un léger sourire flottait au coin de sa bouche, un sourire comme celui qu'on verrait sur le visage d'un écolier qui vient en classe avec des leçons insuffisamment préparées mais avec la confiance en soi d'un homme qui s'élance du haut d'une falaise.

De l'autre côté de la table ronde laquée rouge, Ryûji avait saisi du coin de l'œil ce sourire. C'était une nouvelle cause de malentendu. Le ricanement par lequel il répondit témoignait de la même sorte de joie exagérée que le sourire qu'il avait adressé sans hésitation à Noboru le jour où, dans le parc, il était apparu dans une chemise trempée d'eau, au désappointement du garçon humilié.

« C'est bon. Dorénavant je t'appellerai Noboru tout court. Donnons-nous la main. » Ryûji tendit sa paume rude par-dessus la table. Noboru allongea avec peine sa main comme s'il avait nagé sous l'eau. Il avait beau l'allonger, il lui semblait qu'il n'atteindrait jamais le bout des doigts de Ryûji. Il y arriva enfin et une poignée de main commença dans une main chaude et rugueuse. Noboru se sentit saisi par un tourbillon qui l'emportait vers le monde tiède et sans forme qu'il craignait le plus...

Ce soir-là dès que sa mère lui eut dit bonsoir et eut tiré la porte sans la fermer à clef, Noboru fut saisi d'idées folles. « Un cœur dur », « un cœur dur comme une ancre de fer » tels étaient les mots qui lui revenaient indéfiniment à la bouche. Mais il lui fallait tenir en main ce cœur aussi dur que l'exigeait la maxime.

Avant de quitter la chambre, sa mère avait éteint le poêle à gaz. Maintenant la chaleur et le froid se mélangeaient dans un air tiède. Il lui tardait d'avoir brossé ses dents, endossé rapidement son pyjama et de s'être fourré au lit.

Mais une vague répugnance lui faisait envisager comme un ennui insupportable d'avoir à retirer un sweater à col roulé. Il n'avait jamais désiré si anxieusement la réapparition de sa mère dans sa chambre, par exemple pour lui rappeler quelque chose qu'elle avait oublié de dire. Il n'avait jamais non plus ressenti un tel mépris à son égard.

Il attendit dans sa chambre qui se refroidissait peu à peu. Las d'attendre, il s'abandonna à un rêve qui ne rimait à rien. Sa mère était revenue et lui criait : « C'était un mensonge ! Pardonne-moi de t'avoir trompé pour m'amuser. Nous ne nous marierons certainement pas. Si nous faisions une pareille chose, le monde deviendrait un chaos, dix chalands sombre-raient dans le port ; sur terre un grand nombre de trains dérailleraient ; dans la ville les vitres des fenêtres se briseraient ; les roses deviendraient noires comme du charbon. »

Mais sa mère ne revenant pas, Noboru inventa une situation dans laquelle son retour entraînerait de gros ennuis. Il ne pouvait plus distinguer la cause de l'effet : peut-être son attente anxieuse et déraisonnable de sa mère était-elle due à son désir de la blesser même s'il devait en souffrir lui-même.

Le courage qui le poussait était à faire frissonner ; ses mains se mettaient à trembler. Il n'avait pas touché à la commode depuis le jour où sa mère avait cessé de fermer sa porte à clef. Il y avait une raison. Lorsque Ryûji était revenu le matin du 30 décembre, Fusako s'était enfermée dans sa chambre ; il les avait observés en regardant par le trou, il avait réussi à suivre leurs enlacements jusqu'à leur paroxysme. Toutefois, devant le danger de se glisser dans l'ouverture de la commode en plein jour, la porte n'étant pas fermée, il n'osait pas se risquer de nouveau.

Noboru sentit monter en lui des malédictions et aspira à une petite révolution. S'il était vraiment un génie et le monde un vide trompeur, pourquoi n'aurait-il pas la force de le prouver ? Il n'avait qu'à fêler légèrement la tasse à thé qu'était le monde tranquille auquel croyaient sa mère et Ryûji.

Noboru bondit vers la commode et saisit la poignée. D'ordinaire il enlevait le tiroir en faisant aussi peu de bruit que possible mais cette fois il n'hésita pas à en faire et tira brusquement. Le tiroir tomba à terre, Noboru tendit l'oreille, aucun bruit ne se fit entendre, nulle part dans la maison. Aucun pas précipité dans l'escalier. Le silence régnait partout. Il n'entendit rien d'autre que les battements rapides de son cœur. Noboru regarda sa montre. Il n'était que dix heures. Il eut alors une idée bizarre : il allait faire ses devoirs à l'intérieur de la commode. C'était d'une suprême ironie. Il ne pouvait mieux se moquer de la bassesse de leurs soupçons.

Prenant un lexique de mots anglais sur cartons et une lampe de poche il se glissa dans l'ouverture de la commode. Sa mère allait être attirée par une force mystérieuse ; elle le trouverait dans le trou et devinerait son intention. La honte et la colère l'enflammeraient. Elle le tirerait de la commode et lui donnerait une gifle.

Alors il lui montrerait son lexique et dirait avec les yeux innocents d'un agneau :

« Qu'ai-je fait de mal ? J'étais en train d'étudier. Un espace étroit est plus calme ! »

Il cessa d'imaginer plus loin l'épisode et rit tout haut, suffoquant d'avoir respiré la poussière de la commode.

Au moment où il se glissa dans le trou, le calme lui revint. Il lui sembla ridicule d'avoir tremblé ; sorti de son mensonge, il se figura même que son travail allait lui entrer aisément dans la tête. Non pas que ce fût important ; pour Noboru c'étaient là les confins du monde. Aussi longtemps qu'il était là, Noboru était en contact avec l'univers nu. Il pouvait s'enfuir aussi loin qu'il voudrait, s'échapper au-delà de ce point était impossible.

Pliant le bras dans l'espace étroit, il commença à lire les mots du lexique, carton après carton à l'aide de sa lampe de poche.

Abandon. Pour lui c'était maintenant un mot connu.

Capacité. Y avait-il une différence avec génie ?

A bord. Encore un mot concernant les bateaux. Il se rappela les appels du haut-parleur sur le pont le jour du départ de Ryûji. Et puis la colossale sirène, pareille à de l'or lançant comme une proclamation de désespoir.

Absence... Absolu...

Il n'éteignit même pas sa lampe de poche, sombrant dans le sommeil.

Il était terriblement tard lorsque Ryûji et Fusako montèrent dans la chambre à coucher. L'annonce faite au dîner les avait soulagés d'un grand poids et ils sentaient qu'une phase nouvelle commençait.

Au moment de se mettre au lit, une honte étrange s'éveilla en Fusako. Pendant toute la soirée elle avait trop parlé de questions importantes, trop discuté de sentiments de famille, et maintenant, en même temps qu'elle éprouvait pour la première fois une profonde sensation de soulagement et de quiétude, elle se sentait mal à l'aise devant quelque chose d'indéfinissable, quelque chose de sacré.

Elle se mit au lit dans un négligé noir que Ryûji aimait, puis sans tenir compte de la préférence de Ryûji pour une chambre brillamment éclairée, elle le pria d'éteindre toutes les lumières. Il embrassa Fusako dans l'obscurité.

Quand ce fut fait, Fusako dit :

« Je pensais n'éprouver aucune honte si toutes les lumières étaient éteintes, mais c'est juste le contraire. L'obscurité est comme un gros œil et je m'imagine qu'il ne cesse de me regarder. »

Ryûji rit de sa nervosité et jeta les yeux autour de lui. Les rideaux de la fenêtre étaient tirés, aucune lumière ne venait de la rue. Le poêle à gaz dans un coin émettait une légère lueur bleuâtre. C'était juste comme un ciel nocturne au-dessus d'une petite ville lointaine. Le cuivre des montants du lit tremblait dans l'obscurité.

Le regard de Ryûji s'arrêta sur la boiserie du mur qui le séparait de la chambre voisine. D'un point d'un ornement au bord supérieur de la sculpture à l'ancienne mode, un filet de lumière entrait dans la chambre.

« Qu'est-ce que cela peut être ? murmura-t-il tout haut. Noboru serait-il encore debout ? Cette maison commence à avoir besoin de réparations. Demain je boucherai ce trou. »

Comme un serpent Fusako allongea son cou blanc hors du lit et fixa le point qui laissait filtrer la lumière. Elle comprit avec une rapidité effrayante. Elle bondit hors du lit, passa une robe de chambre et se précipita au-dehors sans mot dire.

Ryûji l'appela mais n'eut pas de réponse. Il l'entendit ouvrir la porte de Noboru. Un silence suivit. Puis il fut frappé par un bruit étouffé qui pouvait être un sanglot de Fusako. Ryûji se glissa hors du lit. Cependant il se demanda s'il ferait bien d'y aller ou s'il ne devait pas rester là ; finalement il s'assit sur le divan près de la fenêtre et alluma une cigarette.

Noboru s'éveilla en se sentant tiré avec énergie hors de la commode par le fond de son pantalon. Pendant un instant il ne comprit pas ce qui lui arrivait. La main souple et fine de sa mère s'abattit sur ses joues, sur son nez, sur ses lèvres, au hasard. Il ne pouvait ouvrir les yeux. C'était la première fois de sa vie que sa mère le battait.

Noboru gisait par terre presque inerte, une de ses jambes prise dans un fouillis de chemises, de sous-vêtements appartenant aussi bien à lui qu'à sa mère qui étaient tombés du tiroir. Il ne croyait pas que sa mère pût déployer une force aussi terrible.

Il leva enfin les yeux sur sa mère qui, debout, haletante, le regardait à terre.

Le bas de la robe de chambre bleu indigo de Fusako était largement ouvert et laissait voir la partie inférieure de son corps, singulièrement massive et menaçante. Loin, au haut de la moitié supérieure de son corps qui allait en s'amincissant graduellement, son visage haletant, douloureux, était ruisselant de larmes et avait pris des années en un instant. La lampe du plafond lointain enveloppait sa tête échevelée d'un halo de folle.

Noboru saisit tout cela en un instant et au fond glacé de son cerveau surgit un souvenir : il se figura avoir vécu ces mêmes moments il y avait déjà très long-temps. Sans aucun doute, c'était la scène de punition qu'il avait guettée si souvent dans ses rêves.

Sa mère se mit à sangloter et jetant un regard sur lui à travers ses larmes, elle lui cria d'une voix qu'on avait peine à comprendre :

« C'est honteux ! C'est simplement honteux. Mon fils, un être aussi dégoûtant ! Faire une chose pareille ! Je voudrais être morte. Tu as pu faire une chose aussi honteuse ! »

Noboru fut surpris de découvrir qu'il avait perdu tout désir de protester en montrant qu'il étudiait l'anglais. C'était aussi bien. Sa mère n'aurait pas été dupe. Elle avait touché la « réalité », une chose qui lui faisait horreur plus que des sangsues. Ce point les mettait, sa mère et lui, sur un pied d'égalité qui n'avait jamais existé jusque-là ; on pouvait presque dire que c'était de la sympathie. Pressant de ses mains ses joues enflammées par les gifles, Noboru résolut d'observer avec soin comment une personne si proche pouvait en un clin d'œil se retirer à une distance inaccessible. Il était clair que ce n'était pas la découverte de la réalité elle-même qui avait provoqué sa colère et causé son chagrin. Noboru savait que la honte et le désespoir de sa mère venaient d'une sorte de préjugé. Elle avait rapidement saisi la réalité, et sa banale interprétation était la cause de toute son agitation ; il n'aurait servi à rien de chercher une excuse dans l'étude de l'anglais.

« C'en est trop pour moi, dit finalement Fusako

d'une voix calme qui cachait sa mauvaise humeur. Un garçon effronté comme celui-là me dépasse. Attends un peu. Je vais demander à papa de t'infliger une punition. Une punition exemplaire qui t'enlève l'envie de recommencer. » Il était clair que sa mère s'attendait, après ces paroles, à le voir pleurer et s'excuser.

Mais à ce moment son cœur flancha et elle se mit à envisager de traiter la question plus tard. Si elle arrivait à obtenir des excuses de Noboru avant que Ryûji arrivât elle pourrait tout lui cacher et sauver son orgueil de mère. Mais il fallait que les pleurs et les excuses ne tardent pas ; toutefois elle ne pouvait suggérer une conspiration entre elle et Noboru puisqu'elle avait menacé son fils d'une punition de son père. Elle ne pouvait qu'attendre en silence.

Mais Noboru ne dit pas un mot. La seule chose qui l'intéressait était de voir jusqu'où irait la sombre machine maintenant en mouvement. Dans l'obscure ouverture de la commode, il s'était trouvé à la limite extrême de son monde, aux bords des mers et des déserts. Toutes choses étant nées là, ayant encouru une punition parce qu'il se trouvait là, il lui était impossible de retourner dans les villes tièdes des hommes, ni d'abaisser son visage sur les pelouses mouillées de larmes. Il ne le pouvait pas à cause du serment qu'il avait fait en apercevant distinctement par le trou de la commode au cours d'une nuit de la fin de l'été la splendeur de l'union des êtres qui avait atteint son paroxysme au grondement de la sirène.

A ce moment, la porte fut ouverte avec hésitation et Ryûji parut. Voyant que l'occasion était perdue pour elle et pour son fils, Fusako s'irrita de nouveau. Ryûji aurait mieux fait de ne pas se montrer du tout ou bien il aurait dû venir avec elle dès le début.

Irritée de l'entrée maladroite de Ryûji et impatiente de mettre de l'ordre dans ses sentiments, elle se tourna vers Noboru plus furieuse que jamais.

« Que se passe-t-il donc ? dit Ryûji en entrant tranquillement dans la chambre.

— Je vous demande de le punir. Si vous ne le battez pas, cet enfant ne sera pas débarrassé de ses mauvais sentiments. Il s'est introduit dans cette commode et a épié notre lit par un trou.

— Est-ce vrai, Noboru ? » demanda Ryûji d'une voix sans colère.

Assis par terre, jambes allongées, Noboru fit signe que oui sans parler.

« Alors... l'idée t'est venue tout d'un coup ce soir et tu as essayé ? »

Noboru secoua nettement la tête.

« Oh ! tu avais déjà fait cela une fois ou deux ? Hein ? »

Noboru secoua de nouveau la tête.

« Alors tout le temps ? »

Voyant le garçon faire signe que oui, Ryûji et Fusako se regardèrent involontairement. Noboru eut le plaisir de voir dans la lumière des regards échangés s'écrouler avec fracas la vie à terre rêvée par Ryûji, la saine vie de famille à laquelle Fusako avait cru. Mais son excitation l'avait conduit à surestimer la puissance de son imagination. Il s'était attendu à une réaction passionnée.

« Ah, oui... », dit Ryûji les deux mains enfoncées négligemment dans les poches de sa robe de chambre. Ses deux jambes poilues dépassant le bas de son vêtement se trouvaient directement sous les yeux de Noboru.

Maintenant, Ryûji était obligé de prendre une

décision de père. C'était la première décision que la vie à terre le forçait à prendre. Mais ses souvenirs de la mer déchaînée tempéraient les idées qu'il s'était faites sur la terre et entravait sa manière presque instinctive d'envisager les problèmes.

Battre le garçon était aisé mais il devait alors s'attendre à un avenir difficile. Il aurait à recevoir leur affection avec dignité, à les débarrasser des difficultés de chaque jour, à vérifier les comptes de maison, à saisir les différends incompréhensibles entre la mère et le fils, à traiter de manière précise ces problèmes délicats auxquels il aurait à faire face, à se montrer un instructeur infaillible. Il n'avait pas affaire à une tempête en plein océan mais aux vents qui soufflent sans cesse sur terre.

Bien que Ryûji ne le comprît pas, l'influence lointaine de la mer agissait de nouveau sur lui, il était incapable de distinguer ce qu'il y a d'élevé dans les sentiments de ce qu'il y a de vil ; il s'imaginait que des choses essentiellement importantes ne se présentaient jamais sur terre. Il avait beau chercher à prendre une décision répondant à la situation du moment, les questions touchant la vie sur terre revêtaient toujours une teinte nébuleuse.

En premier lieu il ne pouvait obéir à la demande de Fusako de battre son fils. Il savait que tôt ou tard Fusako lui saurait gré de son indulgence. En outre, au milieu de ces pensées confuses, il crut découvrir en lui des sentiments paternels. Tout en se hâtant de bannir de son esprit son inquiétude légitime relativement à cet enfant rétif, précoce, sujet d'ennuis, qu'il n'aimait pas véritablement, Ryûji s'efforça de se convaincre qu'il débordait d'une affection paternelle. En outre, il lui sembla qu'il découvrait cette émotion pour la première fois et il fut effrayé de la réfraction que pouvaient subir ses sentiments.

« Assieds-toi aussi, maman. J'ai réfléchi et trouvé que, dans cette histoire, Noboru n'est pas le seul coupable. Quand je suis venu dans cette maison, Noboru, ta vie a changé. Ce n'est pas ma faute, mais il est certain que ta vie a changé et il est naturel pour un garçon au collège de trouver curieux un changement dans sa vie. Ce que tu as fait est mal, certainement mal vraiment ; je te demande d'appliquer ta curiosité au travail. C'est entendu, hein ? Tu ne diras rien de ce que tu as vu. Tu ne poseras pas de questions. Tu n'es plus un enfant et un jour nous pourrons rire ensemble et parler entre trois adultes de ce qui s'est passé. Maman, tu vas te calmer aussi. Nous allons oublier le passé et envisager l'avenir d'une manière heureuse, la main dans la main. Je boucherai ce trou demain et nous oublierons peu à peu cette soirée désagréable. Hein ? Entendu, Noboru. »

Noboru écoutait, se croyant sur le point de suffo-quer.

« Un homme comme celui-là peut-il dire cela ? Un homme qui, auparavant, était si étonnant, si resplen-dissant ! »

Chaque mot causait à Noboru une incroyable inquié-tude. Il avait envie de crier, imitant sa mère : « Ah ! C'est honteux ! » Cet homme prononçait des paroles dont il aurait dû s'abstenir. Des paroles ignobles, dites d'une voix doucereuse, qui n'auraient jamais dû sortir de sa bouche avant le jour de la fin du monde. Des paroles comme en grommellent les hommes dans leurs repaires puants. « Il est satisfait ! » pensa Noboru pris de nausées. Demain, les mains serviles de Ryûji, des mains de père, exécuteraient des travaux de menuiserie ce dimanche, boucheraient à jamais cette étroite ouverture sur une lueur qui n'appartenait pas à cette terre et qu'il avait fait entrevoir auparavant.

« Hein ! C'est entendu, Noboru », conclut Ryûji en tapant de sa main l'épaule de Noboru. Celui-ci essaya de dégager son épaule mais n'y réussit pas. Il pensait que le chef avait raison quand il disait qu'il est des choses au monde plus terribles que d'être battu.

CHAPITRE VI

Noboru ayant demandé au chef la convocation d'une réunion d'urgence, les six garçons convinrent à la sortie du collège de se rassembler à la piscine voisine du cimetière des étrangers. Un moyen d'accéder à la piscine consistait à descendre la pente en dos d'âne d'une colline couverte d'un bois touffu de chênes géants. A mi-chemin ils s'arrêtèrent et regardèrent au travers des arbres toujours verts le cimetière plus bas où le quartz étincelait sous le soleil d'hiver. De ce point de la colline plusieurs rangées de pierres tombales et de croix de pierre s'étageaient, regardant de l'autre côté. Des cycas marquaient de leur vert-noir des intervalles dans les tombes.

Des fleurs de serre coupées jetaient, hors de saison, des taches vives de rouge et de vert. Le cimetière des étrangers se trouvait sur la droite de la colline ; en face, la Tour de la Marine dominait des toits sans nombre ; sur la gauche, la piscine était au fond d'une vallée. Hors saison, la bande trouvait sur les bords de la piscine, un endroit idéal pour de fréquentes réunions.

Les six garçons sautant par-dessus les racines de gros arbres qui saillaient comme de grosses veines noires à la surface du sol s'éparpillèrent en courant sur le sentier qui menait au gazon desséché bordant la piscine. Celle-ci, entourée d'arbres toujours verts avait été vidée ; la peinture bleue du fond s'écaillait ; la place était desséchée et calme. Au lieu d'eau, c'étaient les feuilles sèches qui s'amoncelaient dans les coins. L'échelle de fer peinte en bleu s'arrêtait bien au-dessus du fond. Le soleil s'abaissant à l'ouest se cachait derrière les falaises entourant la vallée comme des feuilles de paravent ; la poussière se déposait déjà sur le fond de la piscine.

Noboru suivait les autres à la traîne ; tout en courant il voyait les nombreuses tombes d'étrangers et il en gardait l'image dans son esprit. Des tombes et des croix qui regardaient de l'autre côté. Comment appellerait-on ce lieu qui était par-derrière, ce lieu où ils se trouvaient ?

Tous s'assirent sur les bancs en ciment des spectateurs formant un losange, le chef au milieu. Noboru tira de sa serviette de cuir un mince carnet qu'il tendit au chef sans dire un seul mot. Sur la couverture étaient écrits à l'encre rouge ces mots virulents : « Charges contre Tsukazaki Ryûji. » Tous les garçons, allongeant le cou, lurent ensemble le texte. C'était un extrait du journal de Noboru ; l'incident de la commode, la nuit précédente portait à dix-huit le nombre des paragraphes.

« Cela, c'est monstrueux ! dit le chef sur un ton misérable. Le dix-huitième paragraphe à lui seul vaut trente-cinq points. Et le total… voyons… même si l'on ne donne que cinq points au premier paragraphe, cela devient de plus en plus mauvais à mesure que l'on va vers la fin. J'ai peur que le total ne dépasse cent cinquante. Je ne croyais pas que c'était aussi mauvais. Il va falloir réfléchir à cela. »

En écoutant le chef, Noboru commençait à trembler. Il demanda finalement :

« Il y a peut-être un moyen de le sauver ?

— Il n'y en a aucun. Je le regrette mais... »

A ces mots, les garçons restèrent muets. Le chef interpréta ce silence comme un manque de courage et il se mit à parler de nouveau tout en pliant entre ses doigts la dure nervure d'une feuille sèche qu'il avait pulvérisée : « Nous sommes tous des génies. Comme vous le savez, le monde est vide. Je sais que j'ai déjà dit cela bien des fois mais y avez-vous sérieusement réfléchi ? Parce que penser qu'il vous est permis de tout faire est penser superficiellement. En fait, nous sommes les seuls à donner cette permission. Nous permettons l'existence des maîtres, des professeurs, des écoles, des pères, de la société, de tout ce tas d'ordures : ce n'est pas parce que nous manquons de puissance, mais permettre est notre privilège à nous, et si nous éprouvions la moindre pitié nous ne serions pas capables de consentir notre permission à tout cela d'un cœur insensible. Il en résulte que nous permettons toujours des choses que nous ne devrions pas permettre. Il n'y a réellement qu'un nombre limité de choses que l'on doive permettre. Par exemple, la mer...

— Les bateaux, ajouta Noboru.

— Exact. En somme très peu de choses. Et si elles complotaient de nous trahir, ce serait comme si notre chien nous mordait la main. Ce serait une insulte à notre privilège particulier.

— Jusqu'ici nous n'avons jamais rien fait à cet égard, dit N° 1.

— Cela ne veut pas dire que nous ne nous y mettrons jamais, répliqua adroitement le chef d'une voix réconfortante. Pour en revenir à Tsukazaki Ryûji, son existence n'a pour notre groupe aucune importance, mais il en a une très grande pour N° 3. Il a accompli cet exploit de montrer à N° 3 un témoignage éclatant de l'ordre interne du monde dont j'ai parlé si souvent. Il est devenu la chose la plus odieuse sur terre : un père. Il faut faire quelque chose. Il aurait bien mieux fait de rester le marin inutile qu'il était.

« Ainsi que je l'ai dit, la vie consiste dans des symboles et des décisions simples. Ryûji peut ne pas l'avoir su, mais il est un de ces symboles. Du moins, d'après le témoignage de N° 3, il semble qu'il en était un. Je suis sûr que vous savez tous où est notre devoir. Quand un rouage grippe, il faut le forcer à revenir en place. Sinon l'ordre n'existe plus. Ainsi que nous le savons tous, le monde est vide et la seule chose qui importe est de maintenir l'ordre dans ce monde. Nous en sommes les gardiens, et mieux, nous avons le pouvoir de maintenir cet ordre, répéta-t-il sans emphase. Il n'y a rien d'autre à faire. Nous punirons. Au fond c'est pour son bien. N° 3, rappelle-toi ce jour sur la jetée Yamashita, lorsque j'ai dit qu'il n'y avait qu'un seul moyen d'en faire de nouveau un héros et que je ne tarderais pas à te le faire connaître.

— Je me rappelle, répondit Noboru qui s'efforçait de ne pas trembler sur ses jambes.

— Ce moment est arrivé. »

Les autres garçons se regardèrent, puis s'assirent, ne faisant pas un geste et ne disant pas un mot. Ils comprenaient la gravité de ce que le chef allait dire.

Ils regardèrent dans la piscine vide, couverte de poussière. Des lignes blanches étaient peintes sur le fond bleu écaillé. Les feuilles mortes s'amoncelaient dans les coins complètement à sec. A ce moment la piscine paraissait terriblement profonde, d'autant plus profonde qu'une obscurité bleuâtre envahissait le fond : l'impression qu'un corps jeté dans cette piscine vide ne trouverait rien qui pût le supporter provoqua autour de la piscine une tension continue. L'eau douce de l'été était partie, qui recevait le corps du nageur et le portait mollement mais, tel un monument élevé à l'été et à l'eau, la piscine était demeurée et elle était tout à fait dangereuse.

L'échelle bleue qui dépassait le bord de la piscine s'enfonçait vers le fond mais s'arrêtait brusquement beaucoup plus haut. En vérité, il n'y avait absolument rien qui pût arrêter un corps !

« Demain les cours finissent à deux heures. On peut le conduire ici et puis l'emmener à la cale sèche de Sugita. N° 3, ce sera à toi de l'attirer jusqu'ici.

« Je vais faire connaître aux autres mes instructions. Je m'occuperai du somnifère et du scalpel. Nous ne pourrions venir à bout d'un homme robuste comme lui sans commencer par l'endormir. Les adultes sont supposés prendre entre un et trois comprimés de ce remède allemand que nous avons à la maison, alors si nous lui en donnons sept je pense que ce sera fait en un clin d'œil. Je pulvériserai les comprimés pour qu'ils se dissolvent rapidement dans le thé.

« N° 1, tu apporteras de la corde de chanvre de cinq millimètres dont on se sert en montagne ; pour la longueur, voyons : un, deux, trois, quatre bouts de un mètre quatre-vingts, cela suffira.

« N° 2, tu prépareras du thé dans une bouteille thermos que tu cacheras dans ta serviette.

« Comme N° 3 a la mission de l'attirer ici, je ne lui demande rien d'autre.

« N° 4, tu apporteras du sucre, des cuillers, des

tasses en papier pour nous et, pour lui, une tasse en plastique de couleur foncée.

« Nº 5 aura un bandeau pour les yeux et une serviette pour faire un bâillon.

« Chacun pourra apporter tous les outils coupants tels que couteaux, scies, qu'il voudra.

« On s'est déjà exercé sur les choses essentielles avec le chat ; ce sera la même chose. Pas la peine de s'inquiéter. Ce sera un peu plus gros, c'est tout. Et puis, cela sentira un peu plus mauvais que le chat. »

Les garçons étaient assis muets comme des carpes et regardaient la piscine vide.

« Nº 1, as-tu peur ? »

Nº 1 secoua péniblement la tête.

« Et toi Nº 2 ? »

Comme s'il avait subitement froid, Nº 2 enfonça ses mains dans les poches de son pardessus.

« Nº 3, qu'est-ce qui t'arrive ? »

Noboru, respirant avec peine, avait la bouche sèche comme si elle avait été remplie de foin ; il ne put répondre.

« Ah ! Je pensais qu'ils étaient gelés. Ils parlent beaucoup, mais quand vient le moment d'agir, ils n'ont pas plus d'énergie que dans un dé à coudre. Je vais vous redonner du cœur au ventre. J'ai apporté ce qu'il fallait pour cela. »

Il tira de sa serviette un code à couverture rougeâtre. Il en tourna les pages d'une main preste pour trouver celle qu'il avait en vue.

« Et voilà. Je lis, écoutez-moi bien.

« Code pénal, article 14. Les actes des jeunes gens n'ayant pas encore quatorze ans ne sont pas punissables par la loi.

« Je relis encore une fois à haute voix. » Et il relut.

Il fit circuler le code entre les mains des cinq garçons, puis il ajouta :

« Cela c'est la loi qu'ont votée à notre bénéfice nos pères et la société qu'ils ont imaginée et à laquelle ils croient. Et je pense que nous devons leur en être reconnaissants. Cette loi est leur manière d'exprimer les grands espoirs qu'ils fondent sur nous et en même temps elle représente aussi les rêves qu'ils n'ont jamais été capables de réaliser. Ils se sont montrés prétentieux parce qu'après s'être liés eux-mêmes avec des cordes, ils nous ont empêchés de faire quoi que ce soit, assez imprudents pour nous permettre d'être ici et ici seulement, de voir un coin du ciel bleu et de jouir d'une absolue liberté.

« Cette loi qu'ils ont faite est une histoire d'enfants très dangereuse. Et c'est bien comme cela car, après tout, nous avons été jusqu'ici des enfants gentils, délicats, ignorant le mal. Mais trois d'entre nous vont avoir quatorze ans le mois prochain, moi, N° 1, et N° 3, les trois autres auront quatorze ans en mars prochain. Pensez-y un instant. C'est notre dernière chance. »

Le chef épiait les visages de tous les garçons ; il vit leurs joues un peu tendues se tranquilliser, la crainte se dissipait. Ouvrant les yeux pour la première fois sur la bienveillance avec laquelle les traitait cette société en dehors d'eux, provisoire, ils avaient la sensation que leurs ennemis les protégeaient en fait.

Noboru leva les yeux vers le ciel. Le bleu du ciel s'affaiblissait et passait au gris du crépuscule. Si Ryûji essayait dans l'agonie de sa mort héroïque, de regarder le ciel sacré ? Il éprouvait un regret à l'idée de lui bander les yeux.

« C'est notre dernière chance, répéta le chef. Si nous

n'agissons pas maintenant nous ne pourrons jamais obéir au commandement suprême de la liberté humaine d'accomplir l'acte essentiel pour remplir le vide du monde à moins que nous soyons prêts à sacrifier notre vie. Et vous pouvez voir qu'il est absurde que les exécuteurs des hautes œuvres que nous sommes, sacrifient leur vie. Si nous n'agissons pas maintenant il nous sera impossible de voler de nouveau, de tuer un homme ou de faire quoi que ce soit qui témoigne de la liberté humaine. Nous passerons notre vie dans la flatterie, le bavardage, la médisance, la soumission, les compromis, la crainte, chaque jour dans de nouvelles transes, épiant nos voisins, vivant comme des souris. Un jour nous nous marierons, nous aurons des enfants, finalement nous serons des pères, ce qu'il y a de plus odieux sur terre !

« Il faut du sang ! Du sang humain ! Sinon ce monde vide blêmira et finira par se ratatiner. Nous devons prendre le sang frais de ce marin et le transfuser à l'univers qui se meurt, au ciel qui se meurt, aux forêts qui se meurent, à la terre qui se meurt.

« C'est maintenant ! Maintenant ! Maintenant ! Dans un mois les bulldozers auront nettoyé le terrain autour de notre cale sèche. L'endroit sera plein de monde. En outre, nous allons avoir quatorze ans. »

Le chef regarda au travers des branches des arbres toujours verts le ciel gris comme de l'eau et dit :

« Je crois qu'il fera beau demain. »

CHAPITRE VII

Le 22 janvier au matin, Fusako et Ryûji firent une visite au maire de Yokohama et lui demandèrent d'être leur témoin. Le maire consentit volontiers.

En quittant la mairie ils passèrent dans un grand magasin et commandèrent des faire-part gravés. Ils avaient déjà réservé des salons pour la réception au New Grand Hotel. Après avoir déjeuné en ville de bonne heure ils retournèrent à Rex.

Au début de l'après-midi, Ryûji quitta le magasin pour un rendez-vous dont il avait parlé dans la matinée. Un de ses anciens camarades de l'Ecole de la marine marchande, qui était premier officier sur un cargo et qui venait d'arriver à la jetée Takashima n'était libre qu'à cette heure-là. Ryûji ne voulait pas se montrer à lui dans un costume d'étoffe anglaise fait spécialement sur mesure. Il lui déplaisait de faire parade de sa nouvelle situation devant un vieux camarade, au moins pas avant le mariage. Il dit à Fusako qu'il devait s'arrêter à la maison en chemin pour le dock et s'habiller en marin.

Fusako le taquina en l'accompagnant à la porte :
« Etes-vous certain que je n'aurai pas à m'inquiéter

de vous voir partir sur ce bateau pour une destination inconnue ? »

Noboru prétendant avoir besoin de l'aide de Ryûji pour faire ses devoirs lui avait demandé le soir précédent de venir dans sa chambre pour certaine raison. Il lui demanda de bien écouter la mission dont il était chargé et dont il s'acquittait fidèlement.

« Voilà, papa : demain, mes amis sont curieux d'entendre quelques-unes de vos histoires de voyages en mer. Demain, après quatorze heures, les classes terminées, ils attendront sur la colline au-dessus de la piscine. Tous sont désireux de vous rencontrer et de vous écouter. J'ai promis que vous viendriez. Vous viendrez, n'est-ce pas ? Et vous leur raconterez quelques-unes de vos aventures. Vous viendrez habillé en marin, avec la casquette, n'est-ce pas ? Mais surtout tenez la chose secrète vis-à-vis de maman. Vous lui direz que vous allez rencontrer un vieux camarade du bateau ou quelque chose comme cela et que vous quittez le magasin de bonne heure. »

C'était la première faveur que Noboru demandait à Ryûji comme un enfant gâté. Ryûji prit soin de ne pas trahir la confiance du garçon. C'était le devoir d'un père. Si plus tard on découvrait la vérité, ils en riraient tous ensemble. Aussi, donnant à Fusako un motif plausible, il quitta le magasin de bonne heure. Un peu après quatorze heures, Ryûji attendait, assis sur une racine d'un chêne de la colline voisine de la piscine lorsque les jeunes garçons apparurent. L'un d'eux, qui avait des sourcils arqués comme une lune à son troisième jour, les lèvres rouges, paraissant particulièrement déluré, le remercia poliment d'être venu et suggéra que cet endroit n'étant pas convenable pour une conversation ils pourraient aller jusqu'à ce qu'ils appelaient leur cale sèche. Pensant que ce n'était pas loin du port Ryûji consentit. Les six garçons se disputaient pour se coiffer tour à tour de la casquette du marin ; ils étaient joyeux. C'était un doux après-midi du milieu de l'hiver. Il faisait froid à l'ombre ; mais les rayons du soleil qui les frappaient à travers une mince couche de nuages, les dispensaient de garder leurs manteaux. Ryûji avait son sweater gris à col roulé, et portait sa vareuse sur son bras. Il était coiffé de sa casquette de marin et marchait, entouré des six garçons y compris Noboru, chacun d'eux ayant à la main une serviette de cuir, tantôt en avant de lui, tantôt en arrière, extrêmement gais. Pour cette génération, les garçons étaient petits ; la scène rappelait à Ryûji six remorqueurs s'évertuant à tirer un cargo vers la mer.

Il ne faisait pas attention à une sorte de malaise qui régnait dans leur excitation joyeuse. Le garçon aux sourcils en croissant de lune informa Ryûji qu'ils allaient prendre le tramway. Ryûji fut surpris mais ne fit pas d'objection ; il comprenait que le décor était important pour des garçons de cet âge voulant écouter des histoires. Aucun d'eux ne fit le geste de descendre avant le terminus à Sugita qui était loin de la ville.

« Dites-moi, où allons-nous ? » demanda nombre de fois Ryûji amusé.

Il avait décidé de passer la journée avec les garçons et il lui importait de ne pas montrer un visage mécontent quoi qu'il arrivât.

Sans en avoir l'air Ryûji ne cessait d'observer Noboru alors que celui-ci se mêlait à la gaieté de ses amis, et il nota pour la première fois un regard perçant, toujours inquisiteur. En les regardant ainsi, les silhouettes de Noboru et des autres devenaient confuses, les rayons du soleil d'hiver entrant par les fenêtres du tramway coloraient des atomes de poussière qui dansaient et l'empêchaient de distinguer Noboru des autres. Cela semblait à peine possible, avec un garçon solitaire, si différent des autres qui avait l'étrange habitude de regarder les gens à la dérobée. Ryûji pensa qu'il avait eu raison de sacrifier une demi-journée pour amuser Noboru et ses amis. Il pensait ainsi en père se plaçant au point de vue moral comme au point de vue éducatif. La plupart des revues et des livres l'auraient approuvé. Noboru lui avait tendu la perche pour lui donner l'occasion de cimenter dans cette excursion leurs relations. C'était le moyen pour un père et un fils originairement étrangers l'un à l'autre de forger un lien de profonde et tendre confiance plus solide qu'un lien de sang aurait pu jamais être. Et comme Ryûji aurait pu être père quand il avait vingt ans il n'y avait rien que d'ordinaire dans sa différence d'âge avec Noboru. Dès qu'ils furent descendus au terminus de Sugita, les garçons commencèrent à entraîner rapidement Ryûji du côté de la montagne. Ryûji demanda d'un ton plaisant :

« Dites donc, y aurait-il une cale sèche dans la montagne ?

— Mais, à Tokyo, le chemin de fer souterrain circule bien au-dessus de votre tête !

— Je vois, vous m'avez eu, mes gaillards ! »

Ryûji montrant qu'il n'était pas dupe, les garçons fiers d'eux-mêmes n'en finirent pas de rire.

Le chemin suivait la crête de la colline d'Aoto et pénétrait dans le district de Karagawa. Ils passèrent devant une usine électrique qui projetait dans le ciel d'hiver un écheveau de fils électriques et de fins isolateurs puis ils pénétrèrent dans le tunnel de

Tomioka. Arrivés à l'autre extrémité ils virent vers la droite briller les rails de l'express Tokyo-Yokohama ; sur la gauche la pente était couverte de lotissements tout neufs.

« Nous y sommes presque. Nous allons monter entre ces lotissements. C'était une installation de l'armée américaine. »

Le garçon qui paraissait le chef se mit en tête du groupe ; en quelques instants ses manières et son ton étaient devenus brusques.

Les travaux sur les lots de terrain étaient terminés ; il y avait même des murs de séparation en pierres et les carcasses de plusieurs maisons. Entourant Ryûji, les six garçons avançaient droit devant eux sur la route entre les lots. Près du sommet de la colline la route disparaissait brusquement et l'on se trouvait devant un plateau de terrain en friche. C'était comme un tour de prestidigitation ; en regardant d'en bas, on n'aurait jamais cru que cette route droite et bien tracée se perdait à cet endroit dans les hautes herbes.

On était surpris de ne voir âme qui vive. De l'autre côté de la colline, on entendait le grondement de bulldozers. Le bruit d'une circulation d'autos montait de la route en tunnel loin en bas. A part les échos des bruits de machines le paysage tout entier était un désert et ces bruits eux-mêmes ne faisaient qu'accroître sa désolation. Çà et là des troncs d'arbres demeurés sur place émergeaient de la prairie ; ils commençaient à pourrir. Un sentier enterré sous des feuilles mortes longeait le bord de la colline. Ils traversèrent le terrain en friche. Sur leur droite un réservoir d'eau rouillé, entouré d'un réseau de fils barbelés était à moitié recouvert par les hautes herbes. Cloué à côté du réservoir un écriteau fait d'une tôle rouillée portait une indication en anglais. Ryûji s'arrêta et lut :

Installation de l'armée américaine.
Défense d'entrer sans autorisation sous
peine de poursuites conformément à
la loi japonaise.

« Que veut dire " poursuites " ? » demanda le chef.

Il y avait dans ses manières quelque chose que Ryûji n'aimait pas. La lueur qui éclairait son regard en posant la question faisait supposer qu'il connaissait parfaitement la réponse. Ryûji s'efforça de donner poliment une explication.

« Cela veut dire punition.

— Ah ? Puisque ce n'est plus propriété de l'armée américaine, on peut y faire ce qu'on veut, alors ? »

Tout en parlant le garçon avait l'air d'avoir oublié la question, comme s'il s'était agi d'un ballon qu'un enfant abandonne dans le ciel.

« Nous voici au sommet. »

Ryûji s'arrêta et regarda le panorama sous ses yeux.

« Ah ! tu as découvert une place extraordinaire ! »

On faisait face à la mer au nord-est. En bas, à gauche, les bulldozers entamaient largement la pente de terre rouge qu'enlevaient des camions-bennes. Vus de loin ceux-ci paraissaient petits mais le bruit incessant de leurs moteurs frappait l'air. Plus bas encore dans la vallée on apercevait les toits gris d'un laboratoire industriel, d'une usine d'aviation ; dans la cour en ciment du bâtiment central un petit pin, autour duquel devaient tourner les voilures, était baigné de soleil.

Les usines étaient encerclées par des groupes de maisons d'habitation. Un soleil faible faisait ressortir les différences de hauteur des nombreux toits et adoucissait les ombres projetées par les fils de nombreux poteaux d'usines. Les quelques objets brillants comme des coquillages à travers la fumée fine qui recouvrait la vallée étaient les pare-brise des autos.

En s'approchant de la mer le paysage semblait se replier sur lui-même et accentuait l'impression confuse de solitude, de rouillé, de pitoyable. Au-delà d'un fouillis de pièces d'atelier rougies par la rouille et jetées au rebut, une grue vermillon redressait lentement la tête. De l'autre côté de la grue était la mer, avec les brise-lames faits de pierres blanches empilées et à l'extrémité des terres reprises sur la mer, un dragueur vert lançait une fumée noire.

La mer fit naître en Ryûji la pensée qu'il en était absent depuis longtemps. La chambre à coucher de Fusako dominait le port, mais il ne s'approchait plus de la fenêtre. Au large, la mer montrait une surface d'un violet aubergine, car le printemps était encore loin, sauf là où l'ombre d'un nuage couleur de perle la rendait d'un blanc pâle, froid. A trois heures après midi, le ciel était sans nuages, d'un bleu délavé, monotone, plus pâle au voisinage de l'horizon.

A partir de la plage salie et en s'en allant vers le large, la mer tendait comme un vaste filet ocre. Il n'y avait aucun bateau près du rivage ; quelques cargos se déplaçaient au large, petits bateaux qui, même à cette distance, paraissaient d'un modèle désuet.

« Le navire sur lequel j'étais n'était pas un petit remorqueur comme cela », dit Ryûji.

Noboru répliqua :

« Le *Rakuyo* avait un déplacement de dix mille tonnes. » Il n'avait pas dit un mot de tout l'après-midi.

« Allons, marchons ! » pressa le chef en tirant Ryûji par la manche.

Ils descendirent un peu un sentier recouvert de feuilles mortes. Ils arrivèrent à un coin de terre échappé comme par miracle à la dévastation environnante, un vestige du sommet de la colline telle qu'elle devait avoir été jadis. La clairière était protégée à l'ouest par le sommet de la colline couvert d'un bois touffu, à l'est par un fourré qui l'abritait du vent ; elle se perdait dans un champ négligé de seigle d'hiver. Des lianes fanées serpentaient à travers le fourré longeant le sentier. Au bout de l'une d'elles pendait une gourde vermillon ratatinée. La lumière du soleil à l'ouest était contrariée par les nuages au moment où elle descendait sur le sentier ; quelques pâles rayons s'accrochaient au bout des branches mortes.

Ryûji se souvenait de sa jeunesse mais il était surpris de l'habileté unique dont avaient fait preuve ces jeunes garçons en découvrant cette sorte d'endroit dérobé et en se l'appropriant.

« Lequel d'entre vous a découvert cet endroit ?

— Moi. Mais j'habite à Sugita. Je passe constamment par ici pour aller au collège. Je l'ai trouvé et je l'ai montré aux copains.

— Et où se trouve votre cale sèche ?

— C'est ici. »

Le chef se tenait devant une petite grille, au bas du flanc de la colline, et il sourit en en montrant l'entrée.

Ce sourire parut à Ryûji d'une fragilité de cristal et très dangereux. Il ne pouvait pas dire d'où lui venait son impression. Dérobant son regard à Ryûji avec la prestesse d'un goujon filant au travers d'un filet, le garçon poursuivit son explication.

« Voilà notre cale sèche. Une cale sèche en haut

d'une montagne. C'est ici que nous réparons les bateaux ; nous les démontons pièce par pièce et nous les reconstruisons entièrement.

— Pas possible ? Cela ne doit pas être une petite affaire d'amener un bateau jusqu'ici !

— C'est facile. Pas de problème », dit le garçon ; son visage s'éclairait de nouveau d'un trop joli sourire.

Ils s'assirent tous les sept sur le sol que couvrait par places une herbe verte, à l'entrée de la grotte. Il faisait très froid à l'ombre et la brise qui soufflait de la mer leur piquait le visage. Ryûji endossa sa vareuse et croisa ses jambes. Il venait à peine de s'installer que les bulldozers et les camions recommencèrent leur vacarme.

« Parmi vous tous, y a-t-il un gars qui soit monté sur un gros bateau ? » demanda Ryûji en s'efforçant de prendre un ton gai.

Les garçons se regardaient et se taisaient.

« Si on parle de la vie à la mer, reprit-il en regardant ses auditeurs muets, il faut commencer par parler du mal de mer. Tout marin y a passé une fois ou l'autre. Et j'en ai connu qui jetaient le manche après la cognée après leur premier voyage tant ils avaient souffert. Plus le navire est grand et plus vous avez de roulis et de tangage, et puis il y a les odeurs particulières aux bateaux : peinture, huile, cuisine... »

Quand il vit que le mal de mer ne les intéressait pas, il essaya un chant, à défaut d'un autre sujet.

« Avez-vous déjà entendu cette chanson :

> *La sirène a sonné, le ruban est coupé*
> *Le bateau quitte le quai*
> *Moi aussi j'ai décidé d'être marin*
> *Au port qui s'éloigne*
> *Je dis un gentil adieu de la main.* »

Les garçons se poussèrent du coude et éclatèrent de rire. Noboru n'en pouvant plus de honte, se leva, enleva la casquette de la tête de Ryûji ; il tourna le dos et s'amusa avec la casquette comme avec un jouet. L'ancre au centre du grand emblème en forme de larme était bordée d'une chaînette de minces fils d'or et entourée de feuilles de laurier brodées en or, avec des baies d'argent suspendues ; au-dessus et au-dessous de l'emblème, des aussières de fil d'or étaient lovées en rouleaux lâches. La visière noire reflétant le ciel d'après-midi brillait d'une lueur triste.

Auparavant cette merveilleuse casquette s'était éloignée sur une mer splendide sous un ciel couchant d'été ; elle était l'emblème de l'adieu et de l'inconnu. Cette casquette partie au loin jusqu'à ce qu'il fût libéré des liens de l'existence était devenue comme un flambeau brandi sur le chemin de l'éternité.

« Mon premier voyage a été à Hong-kong. »

Lorsqu'il commença à parler de sa carrière, Ryûji sentit que les garçons devenaient plus attentifs. Il leur raconta ses expériences au cours de ce premier voyage, ses échecs, ses erreurs, sa nostalgie, sa mélancolie. Puis il poursuivit avec des anecdotes de ses voyages autour du monde : quand ils s'étaient arrêtés à Suez, à l'entrée du canal et qu'on leur avait volé une aussière ; à Alexandrie le gardien qui comprenait le japonais et qui s'entendait avec les marchands sur le quai pour vendre à l'équipage toutes sortes d'objets de bas étage (Ryûji s'abstint de donner des détails sur ces objets, pour des raisons d'éducation) ; les difficultés inimaginables pour refaire le plein de charbon à Newcastle en Australie de manière à arriver en temps voulu pour prendre des marchandises à Sydney, une distance que l'on parcourait pendant la durée d'un seul quart ; la rencontre sur la côte de l'Amérique du Sud d'un cargo de la United Fruit, embaumant l'atmosphère du parfum des fruits tropicaux dont il était rempli.

Au milieu de son récit, Ryûji levant les yeux s'aperçut que le chef avait, à un certain moment, enfilé une paire de gants de caoutchouc. Croisant nerveusement les doigts il avait l'air de vouloir coller le caoutchouc froid à sa peau.

Ryûji ne parut pas l'avoir remarqué. Un caprice d'un élève que la classe ennuyait, un geste sans signification.

En outre, à mesure qu'il parlait, Ryûji se laissait emporter par ses souvenirs ; tournant la tête il regarda la mince ligne d'un bleu intense qui était la mer. Un petit cargo à l'horizon traînait derrière lui un ruban de fumée noire. Il aurait pu être à bord de ce bateau. Peu à peu, tout en parlant aux garçons, Ryûji en arrivait à se voir tel que Noboru l'imaginait.

« J'aurais pu être un marin parti pour toujours. » Il s'était lassé et pourtant, maintenant, il s'éveillait lentement à l'immensité de ce qu'il avait abandonné.

Les sombres passions des flots, le mugissement d'un raz de marée, les vagues qui se brisent sur les récifs... une gloire inconnue l'appelant sans fin du large obscur, une gloire aboutissant à la mort et à une femme, une gloire que lui aurait taillée une destinée particulière et rare. A vingt ans, il en avait été passionnément convaincu : dans les profondeurs de l'obscurité du monde était un point lumineux préparé pour lui seul et qui s'approcherait un jour pour l'illuminer, lui et pas un autre.

Dans ses rêves, la gloire, la mort et la femme étaient

consubstantiels. Cependant, lorsqu'il eut gagné une femme, les deux autres éléments s'éloignèrent vers le large et cessèrent de l'appeler par les plaintes douloureuses des baleines. Il sentit que les choses qu'il avait rejetées le rejetaient dorénavant. Il ne pouvait dire que le creuset en fusion qu'est le monde eût été sien jusquelà mais il sentait que le soleil des tropiques s'était collé à son flanc sous les palmiers qui lui étaient si chers et l'avait dévoré avec des dents aiguës. Maintenant, il ne restait que des cendres. Une vie paisible, immobile, avait commencé. Une mort périlleuse lui était déjà refusée. Ainsi que la gloire, cela va sans dire. Et que l'ivresse nauséeuse de ses sentiments. Et les chagrins qui vous percent le cœur, les adieux qui délivrent et rafraîchissent, l'appel de la Grande Cause, autre nom du soleil tropical, les pleurs héroïques des femmes, la sombre nostalgie qui ne cessait de le tourmenter, la douce et puissante force qui le poussait vers les sommets de la noblesse... Tout cela était fini.

« Voulez-vous un peu de thé ? demanda derrière lui la voix haute et claire du chef.

— Volontiers », répondit Ryûji arraché à ses pensées et tournant à peine la tête.

Le souvenir d'îles qu'il avait visitées flottait dans son esprit : Malatea dans le sud de l'océan Pacifique, la Nouvelle-Calédonie, possession française, les îles voisines de la Malaisie, l'archipel des Antilles mijotant dans la langueur et la mélancolie, fourmillant de condors et de perroquets et partout des palmiers ! Palmiers royaux, palmiers à vin... Surgissant du sein de la mer splendide la mort avait soufflé sur lui comme s'abat un orage. Il voyait en rêve une mort qui serait éternellement hors de sa portée, une mort pleine de grandeur aux yeux du monde entier, héroïque, incomparable. Et alors, si le monde avait préparé une mort si radieuse il n'était pas étonnant que le monde pérît aussi pour elle.

Des vagues, tièdes comme le sang, à l'intérieur d'un atoll. Le soleil tropical rugissant dans le ciel comme l'appel d'une trompette d'airain... Une mer de toutes couleurs... Des requins...

Un peu plus, Ryûji aurait eu des regrets.

« Alors, voici votre thé », lui dit Noboru de derrière, en frôlant la joue de Ryûji avec une tasse de plastique brun foncé. L'esprit absent, Ryûji la prit. Il remarqua que la main de Noboru tremblait légèrement, probablement de froid.

Toujours plongé dans son rêve il but d'un trait le thé tiède. Après l'avoir bu, il lui trouva un goût terriblement amer. Comme chacun sait, la gloire est amère.

DU MÊME AUTEUR

LES AMOURS INTERDITES (Folio n° 2570).

L'ÉCOLE DE LA CHAIR (Folio n° 2697).

PÈLERINAGE AUX TROIS MONTAGNES (Folio n° 3093).

LA MUSIQUE (Folio n° 3765).

LE LÉZARD NOIR, *théâtre*.

DOJOJI et autres nouvelles (Folio n° 3629). Textes extraits de « La Mort en été ».

Dans la collection Biblos

LA MER DE LA FERTILITÉ. *Préface de Marguerite Yourcenar.*

Impression Novoprint
à Barcelone, le 2 août 2005
Dépôt légal: août 2005
Premier dépôt légal dans la collection: décembre 1979

ISBN 2-07-037147-6. /Imprimé en Espagne.